风动玉兰
满庭芳

Fengdong Yulan
Manting Fang

——那些江浙才女们

APTIME
时代出版

时代出版传媒股份有限公司
安徽文艺出版社

江泓　安徽广播电视台制片人，中国科技大学硕士生生导师，自媒体公号『纯棉系』主编，中国作家协会会员，著有《步步莲花》《一半明媚一半忧伤∷民国那些女子》等著作。

『红颜·花语』才女系列

风动玉兰满庭芳

—— 那些江浙才女们

Fengdong Yulan
Manting Fang

江　泓／著

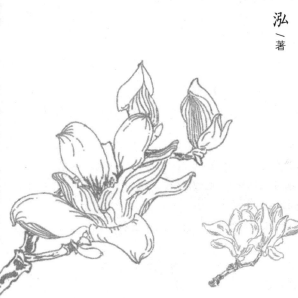

时代出版传媒股份有限公司
安徽文艺出版社

图书在版编目（ＣＩＰ）数据

风动玉兰满庭芳：那些江浙才女们/江泓著. —合肥：安徽文艺出版社，2015.10（2024.2 重印）

（"红颜·花语"才女系列）

ISBN 978-7-5396-5164-4

Ⅰ．①风… Ⅱ．①江… Ⅲ．①散文集－中国－当代Ⅳ．①I267

中国版本图书馆 CIP 数据核字(2014)第 251592 号

出 版 人：姚　巍

责任编辑：李　芳　　　　　　　　装帧设计：徐　睿

出版发行：安徽文艺出版社　　www.awpub.com

地　　址：合肥市翡翠路 1118 号　　邮政编码：230071

营 销 部：(0551)63533889

印　　制：山东百润本色印刷有限公司　　(0635)3962683

开本：880×1230　1/32　印张：4.875　字数：120 千字

版次：2015 年 10 月第 1 版

印次：2024 年 2 月第 2 次印刷

定价：49.80 元

FENGDONG
YULAN MANTING
FANG

李季兰:落花人独立

一、不祥之谶

唐朝皇帝姓李,和道家创始人李聃同姓。为了扯上这根文化脉络,也力证自己执政是天时地利人和,唐玄宗干脆尊老子为太上玄元皇帝,皇帝老儿全家都是老子后代。可见还是很有一番套磁功夫的。

"上有好者,下必甚焉",向来如此。君不见名山大寺但凡佛道同占,佛教庙宇大多居山腰或者山脚,道教宫观就不同了,一般都高居山巅,道教之贵由此可知。当时的文化人也少不了攀附道教:贺知章黄冠归乡;李泌入衡山学道;白居易晚年炼丹;李太白受道箓于齐,在很多诗篇中提到神仙出世。

那时候,地不分南北,人不分老幼,大家都有当道士的热情,因为朝廷对修道有许多优惠政策,经济上拨款,精神上宽松,道人不分男女,可以随意云游交往,格外自由。

皇室贵族的杨贵妃、上官婉儿甚至武则天都曾经入过道观。从李义山诗词中"松篁台殿""龙护瑶窗"这样的语句，我们可以想见昔日道观之奢华；至于道服之飘逸华美，只能从"星冠""玉佩""羽衣""霞裳"这些词语上去想象，必然是"轻薄透"，穿起来似凌云御风，飘飘欲仙。

正是在这样的背景之下，唐朝有三位女诗人享有盛名——李季兰、薛涛、鱼玄机，她们都是女道士。那个时代，普通妇女无才便是德，只对女道士网开一面。她们蛾眉低回，巧笑情兮，识文断字，抚琴弄墨，养眼又养心。文人骚客、达官贵人自然乐于唱和交往，相互间爱恨离愁、缠绵悱恻的诗词也得以流传。因此有人说她们其实多半是粉头，粉头就是妓女。不过唐朝的妓女更多是"姬"的性质，卖艺不卖身，除非情投意合，否则并不随意倚楼卖笑，任人挑选。

巧的是后世留名的李季兰、薛涛都有一语成谶的宿命传说。

初春的江南莺莺燕燕，蔷薇烂漫。6岁的李治，也就是李季兰，信口作诗："经时不架却，心绪乱纵横"，意思是说蔷薇花的架子还没搭好，已经开得到处都是了。父亲一时大惊失色，"此女聪黠非常，恐为失行妇人"，说是诗句里已经流露出恨嫁之心。

薛涛也有这么一段，八九岁的幼雏，随父亲在院中玩耍，父亲指着一棵梧桐，吟道"庭除一古桐，耸干入云中"。小女娃脆生生张口就来："枝迎南北鸟，叶送往来风。"薛父亦是喜忧参半，认为女儿的诗意里有不祥预兆。

如果对女子以感官为快乐之源来分类，大多数属于孕育带来幸福的母爱型，也不排除交欢营造快感的自爱型。法国大革命时，革命者营救妓女，让她们洗心革面，重新做回良家妇女，有一个叫玛丽昂的妓女说什么也不肯。这也引起了革命者的深思，认为真正的民主应该是不逼良为娼，也不要逼娼为良。

话扯远了，兜兜转转，李季兰做出了自己的人生选择。

二、初恋情人

就像乔治·桑、伍尔夫、曼殊菲尔德这些文艺女神活跃于文艺沙龙一样，李季兰也绝对是那个时代文艺圈子里的宠儿。山水之间，亭台楼阁，她和她的朋友们饮酒作诗，挥毫作画，抚琴唱和，好不风雅惬意。

《唐才子传》记载过这么一个段子。一次聚会中，天色已晚，人已微醺，美道姑吐气如兰，轻轻巧巧拿刘长卿开了个玩笑——"山气日夕佳"。此句出自陶渊明的《饮酒》名篇，明里应时应景，暗里也应了刘长卿的隐疾，此君患有"疝气"（李季兰取了谐音"山气"），阴囊十分肿大，那时医疗技术不发达，只能靠布条托举减轻痛苦。刘长卿就是写出"柴门闻犬吠，风雪夜归人"名句的大诗人，素有"五言长城"之称，冷不丁遭了美女暗算，却仍然不失幽默,开口应答:"众鸟欣有托。"朋友们大笑,无不称妙。此句亦出自陶渊明之诗,众鸟自然通了"重"(此处略去一字)。那时的文人即便是说黄段子,从字面上看也素雅得很。

李季兰11岁时,被父亲送入剡中(今浙江嵊州市)玉真观。当时的朝廷有明文规定,女道士的行为可以不受约束,允许与男子嬉笑自若、频繁往来,民间已经有难听的半娼说法。有理由怀疑,李父难道不知道当时道观的风气吗?他究竟是为了预防女儿将来行为有失检点,希望她潜心修行,清静无为,还是干脆遂了女儿个性,由她去折腾自己的人生呢?

李季兰在道观里渐渐长大,《唐才子传》里描绘她:"美姿容,神情萧散。专心翰墨,善弹琴,尤工格律。"其中"神情萧散"给人留下无限的想象空间,慵懒、骄矜、淡漠、萧索,那是一种怎样的混合复杂的表情呢?

这样一位身着清雅道袍、发束黄缎道冠的妙龄道姑,蛾眉淡扫,举止飘逸,更兼琴、棋、书、画无不通晓,身边自然吸引不少文人才子。而她也已是怀春少女,情窦初开。"朝云暮雨镇相随,去雁来人有返期;玉枕只知长下泪,银灯空照不眠时。仰看明月翻含意,俯眄流波欲寄词;却忆初闻凤楼曲,教人寂寞复相思。"

某一日,天气晴好,春草萋萋,独自放舟江边的李季兰巧遇风流倜傥的青年才俊朱放,两人像现在的小青年一样谈了些时髦的话题,便觉格外投缘,情愫暗生,分明有些难舍难分了。

尽管朱放已有家室但没耽误他的猎艳之心,此后两人常常幽会于山水之间,你侬我侬,如胶似漆。可惜好景不长,朱放接到皇帝一纸调令,被派去江西做官。"好男儿"岂会为男女私情误了前程?朱放带着正室前去任职。"古岸新花开一枝,岸傍花下有分离。莫将罗袖拂花落,便是行人肠断时。"凭一首《别李季兰》他便做了了断,一切都仿佛成了前尘往事。

"士之耽兮,尤可脱也;女之耽兮,不可脱也",应了《诗经》里的话,第一次情窦初开、付出全部真情的李季兰严重受伤,只有将少女无限情思寄于诗词当中。"望水试登山,山高湖又阔。相思无晓夕,相望经年月。郁郁山木荣,绵绵野花发。别后无限情,相逢一时说。""离人无语月无声,明月有光人有情。别后相思人似月,云间水上到层城。"

那首《相思怨》最能撩拨人心:"人道海水深,不抵相思半。海水尚有涯,相思渺无畔。携琴上高楼,楼虚月华满。弹着相思曲,弦肠一时断。"高楼明月,佳人抚琴,弦肠寸断,极具画面感,连分镜头都有了。反复吟哦"海水尚有涯,相思渺无畔",意境幽远,极有况味。

三、情海起伏

李季兰的初恋无疾而终。

她是那种把爱情当作生命,一旦爱了就不惜飞蛾扑火的主。

很快,她又有了新的爱恋对象——阎士和,字伯均,是当时诗人李嘉佑的内弟,在家族排行二十六,人称"阎二十六",典型的公子哥儿。公子哥儿自然有一套泡美眉的高超手法,其实也是李季兰情愿自我沉沦,年轻的生命如果没有炙热的爱情,难免过于惨淡无味。有几个文艺女青年不有意无意间让自己饱受爱情之苦?好像唯有如此,生命历程才会璀璨斑斓。

有怎样的气场就会吸引来怎样的男人,阎伯均再一次挥手作别奔前程去了。李季兰便又一次离愁别绪化作相思泪。"相看指杨柳,别恨转依依。万里西江水,孤舟何处归。溢城潮不到,夏口信应稀。唯有衡阳雁,年年来去飞。""流水阊门外,孤舟日复西。离情遍芳草,无处不萋萋。妾梦经吴苑,君行到剡溪。归来重相访,莫学阮郎迷。"不清楚是她的生活滋润了她的诗作,还是她的诗作需要这样的生活。

有种理论说,从事文学艺术工作的人,需要常爱常新,为自己的创作提供灵感、素材和动力。这是她内心深处的选择吧,有什么样的因,便结出什么样的果。

于是,又一个男人走入李季兰的生活,他就是陆羽,"茶圣"陆羽。有人居然考证出陆羽和她青梅竹马,一起长大。说陆羽生来貌丑,遭父母遗弃,被道观收留,因为命如羽毛,随风飘浮,便起名"羽"字。道观没有养育条件,陆羽便寄养在李家,和李季兰一起长大。长大后陆羽私自外出闯荡江湖,在戏班子里饰演丑角,后来倦鸟思归,重回道观寻找儿时玩伴。

陆羽成年后在道观里与李季兰相遇是不争的事实。按照陆羽自己的说法,"不羡黄金罍,不羡白玉杯,不羡朝入省,不羡暮登台,千羡万羡西江水,曾向竟陵城下来",他倒是个超凡脱俗、不慕功名利禄的君子,有理由相信一个喜好品茶的人是一位清雅之士。

不管是不是曾经儿时的伙伴,陆羽对李季兰可以说情深义重,体贴入微。李季兰卧病榻上,他也肯忙前忙后,悉心伺候。至于李季兰为何允许陆羽榻前照应,就值得分析一下了。凡恋爱中的女子面对心上之人,定会设法呈现完美一面,不情愿以憔悴病容视之。李季兰对陆羽的松弛态度,类似亲情、友情,要么由已经熟稔的爱情升华,要么离爱情的火候始终差那么一点,你看那么能写的她没有为陆羽留下一首情诗。据传陆羽除了相貌丑陋,而且讲话口吃。可能这些都是勾不起姑娘爱恋的因素吧。

四、至亲至疏夫妻

当时陆羽和几位好朋友组了诗社,经常搞活动,李季兰也已经诗名远扬,少不了参与其中。在这样的聚会中,她结识了僧人皎然。皎然俗姓谢,是东晋名将谢玄的后人。谢玄又是谁呢?是"东山再起"的宰相谢安的侄子,曾经带兵打过一场著名的"淝水之战"。"旧时王谢堂前燕,飞入寻常百姓家",说的就是这一支尊贵的谢家。只是到了皎然这一代，富贵鼎盛已随风而去。但是瘦死的骆驼比马大，没落贵族的做派也会对李季兰有着特别的魔力，何况皎然玉树临风，一表人才，还是一位诗歌理论家，论诗专著《诗式》在当时的文艺沙龙里很受追捧。

美道姑的心骚动起来，忍不住出手了。"尺素如残雪，结为双鲤鱼；欲知心里事，看取腹中书。"这首《结素鱼贻友人》热辣辣地表明了她的心迹。这样的戏码是电视剧喜欢的，男主一喜欢女主角，女主角偏偏喜欢男主二。于是，便有了冲突和戏眼。

皎然以诗应对："天女来相试，将花欲染衣。禅心竟不起，还捧旧花归。""天女散花"典出佛门公案：维摩诘室有位天女，见众菩萨和大弟子们说法，有心试验，便抛撒天花。天花落到众菩萨身上，纷纷坠落。落到大弟子身上却沾着不坠。这是因为众菩萨"结习已断"，内心已经没有烦恼习气的干扰，所以花落到身上不再沾滞。而大弟子因烦恼结习未曾断尽，内心仍有杂念，所以天花着身而不能去。皎然不愧为修道高僧，回应明确，不失分寸。

李季兰碰了个软钉子，只能感叹"禅心已如沾泥絮，不随东风任意飞"，找个台阶自己下了。

爱过别人，也被别人爱过，在情欲中大起大伏的李季兰，对男女之情有了深刻的领悟，一首流传至今的《八至》，写出了她的体验与思考。"至近至远东西，至深至浅清溪。至高至明日月，至亲至疏夫妻。"前三句都是铺垫，最后一句道出了令人不忍目睹的真相。多少夫妻欢情浓郁时你中有我、我中有你,而一旦义断情绝,翻脸不认人,陌路之余,简直是最大的冤家对头。清代文人黄周星曾为此诗批注:"六字出自男子之口,则为薄幸无情;出自妇人之口,则为防微虑患。大抵从老成历练中来,可为惕然戒惧。"

李季兰声名远播,居然传到了皇宫。忽一日,唐玄宗心血来潮,召她进宫。此时李季兰已是美人迟暮,皇帝谓之"俊媪",一个俊老太太而已,并无更多想法。她在宫里逗留一个月,封了厚赏就出宫了。

可叹的是美人生逢乱年,曾任泾原节度使的朱泚发动"泾师之乱",自立为皇帝,改国号秦,还到处找文人吹鼓手为他歌功颂德,以备留名青史。

不幸李季兰也被找了去,不知道是迫于淫威,还是被浮华利诱,老太太写了赞美诗。等皇帝翻盘重来,这自然成了洗不去的污点。皇帝金口玉言,一句"扑杀",曾经风华绝代的一位女才子便死于乱棍之下。

享受过男欢女爱,经历了世事沧桑,垂垂老矣的李季兰也许早已看淡了生死,生之乐趣渐少,又何惧死神呢?

肉体终将离去,也许她知道自己会留下什么,只是没人知道,那样的代价值还是不值。

王朝云：高情已逐晓云空，不与梨花同梦

一、西湖初相识

那一年，苏东坡因为反对王安石新法，被贬为杭州通判。诗人质本高洁，懒理官场倾轧，每日办好案子，理完公事，"光阴需得酒消磨，且来花里听笙歌"，过着自己的清闲生活。

有一天，朋友邀请了一个歌舞班歌舞助兴。丝竹声中，美女们广舒长袖，轻扭腰肢，眼波流转间煞是动人。诗人醉眼蒙蒙中看到一个曼妙身姿，尽管化了浓艳的妆，厚厚脂粉仍然难掩骨子里的清丽脱俗，眼神斜斜地瞟过来，仿佛有几分熟悉似的，诗人的心似乎有所触动。

多日后，有意无意间，苏东坡携家人游湖，特意邀请了几位歌舞姬同游助兴。其中就有那日让他为之心动的小女子。此时的她，卸去浓妆，换去华服，只略施脂粉，更显明眸皓齿，清雅可人。

"水光潋滟晴方好,山色空蒙雨亦奇。欲把西湖比西子,浓妆淡抹总相宜。"一首流传千古的诗歌表面上写西湖,实际上是那个轻灵小女子给他带来创作这首诗的灵感。

苏东坡眼里一闪而过的亮光已被身边的王夫人捕捉到,她不言不语,为那个伶俐丫头赎了身,收在自己身边做丫头。王朝云便名正言顺进了苏家的门。

那一年苏东坡38岁,她刚满12岁,苏东坡为她起了新名——"朝云"。宋玉写过《高唐赋》,"旦为朝云,暮为行雨;朝朝暮暮,阳台之下",朝云,一个很美的名字,唇齿间吟哦,已经有了几分柔情和悱恻。

朝云姓王,钱塘女子,因为家境贫寒,很小就入乐门。她不识字,但极聪明乖巧,在苏东坡和王夫人的调教下,很快就能识文断字,粗通笔墨。

听不止一位文学女青年、女中年说,"要嫁就嫁苏东坡",其实不只是因为他的才华,更有感于他的情义、他对女人的态度。苏子18岁遵父母之命,娶下15岁的王弗。妻子识文断字,善解人意,苏东坡待她温柔体贴,虽说是先结婚后恋爱,但丝毫不影响两人感情的甜蜜。可惜,十年光阴如梭,王弗撒手西去。

三年后,苏东坡续娶了王弗的堂妹王闰之。多年前苏东坡为母亲守孝时,常去岳丈家,年岁尚幼的闰之远远观望,怀揣着一颗仰慕之心。

没想到此生有缘与苏东坡结为夫妻，王闰之对命运是感激的。她没有堂姐能干，但她温柔贤淑，虽说二人很难有精神上的交流，但依然是互敬互爱的神仙夫妻。在她眼里，丈夫是天，丈夫的快乐便是她的快乐，丈夫的忧愁便是她的忧愁。

看出丈夫对12岁女孩的喜爱，她便收在身边，悉心调教，唯愿丈夫在不如意的官场之外，有一份来自家庭的欢愉。东坡夜读，朝云陪伴左右，红袖添香，耳濡目染，加上东坡有心栽培，朝云对诗词书画也都略通一二，可以与东坡对谈了。

苏东坡很喜爱朝云的乖巧可人，有些默契慢慢在家里形成。比如家里的极品茶叶密云龙，只有朝云才能取出，专门用来招待黄庭坚、秦观、晁补之和张耒四位学士。后来能得到这样待遇的还有苏东坡的得意弟子廖明略。小女子款款布茶，有时也为文人们弹奏古筝，浅吟慢唱，甚至翩翩起舞。苏东坡的朋友们也很欣赏这位小女子吧，秦观就曾经写诗赞美她"霭霭迷春态，溶溶媚晓光"。

看一个冰雪聪明的小女子在自己的调教下，像一朵鲜花慢慢绽放，对逆境中的苏东坡而言，其实也是一种乐趣和告慰。那几年颠沛流离，杭州通判之后，他先后任职于密州、徐州、湖州等地的知府。在杭州，他帮助修复钱塘六井；在密州，遇上蝗灾，他带头吃野菜，还亲自沿城收捡弃婴；在徐州，他全力组织抗洪抗灾,保全了徐州。但他毕竟雄才大略无以施展,激情满怀时忍不住写些诗词针砭时弊。每个朝代都少不了奸诈小人,御史李定断章取义,弹劾他"指斥乘舆""包藏祸心",将他投入御史台狱。他在狱中被折磨了几个月,罪名也不能成立。最后此事不了了之,他遭贬为黄州团练副使。

朝云随王闰之赶到黄州与苏子会合时,看到眼前的男人,历经折磨,面容憔悴,忍不住痛哭起来。也就在那一年,45岁的苏东坡正式收19岁的朝云为妾。

二、恬淡生活

林语堂曾经写过《苏东坡传》,也说过自己的身体里住着苏东坡的灵魂。他应该是了解苏东坡的,他评说朝云"聪明、愉快、活泼、有朝气",这些品质对中年男人极具吸引力,"一树梨花压海棠"也许正是诗人内心隐秘的愿景。而渐渐长大的朝云面对这样一位有情有义、才华横溢的男子,内心想必是充满敬爱的。虽说有着26岁的年龄差距,自幼欠缺父爱的弱女子有几分恋父情结也再正常不过,他们顺其自然在一起,正是郎情妾意的美景。

遭贬后,苏东坡在黄州城东门外觅得一块高地。这块高地原来是养鹿场,他接手后,盖了五间草屋,起名"雪堂"。又"近于侧左得荒地数十亩,买牛一具,躬耕其中",号称东坡居士,效仿他喜爱的陶渊明,过起了自得其乐的半隐生活。

从知府到团练副使,官位由"从五品"降到"从八品",每年的薪俸只有四千五百文。王夫人把钱分成三十串挂在房梁上,每天取一串以供家用。一旦有结余,就放在大竹筒里,用来买酒招待客人。苏轼在《后赤壁赋》里写道:"有客无酒,有酒无肴……归而谋诸妇。妇曰:'我有斗酒,藏之久矣,以待子不时之需'。"他穿的还是几年前在杭州的旧衣,吃的呢,也只能是用自家菜园产的小菜做的农家素食,朋友来访都要为酒菜犯愁。可是,远离政治旋涡,家人团聚,感情和顺,他们喜欢眼下的生活。

那几年,王朝云随夫人和苏轼春天野外放风筝,夏天水边赏荷花,秋天登楼观明月,冬天煮雪烹茶夜话。"细雨斜风作晓寒,淡烟疏柳媚晴滩。入淮清洛渐漫漫,雪沫乳花浮午盏。蓼茸蒿笋试春盘,人间有味是清欢。"这是苏东坡的生活,也是他的品位。

东坡豁达乐观,任何时候都能拥有闲庭信步似的逍遥自在。"若无闲事挂心头,便是人间好时节。"真正带来幸福感的,往往是钱财买不来的"清欢"。后来他被贬惠州期间,在比黄州还艰苦的条件下,写了一首诗说自己如何在春风中酣美地午睡,还隐隐听到房后寺院的钟声。这首诗传到皇帝耳朵里,皇帝老儿看到苏东坡过得这么舒服,就又下了一道诏令,把他贬到海南。

东坡的豁达从容、安然若素,本身就散发着强大的吸引力。任何时代都有"宁愿在宝马车里哭泣,也不愿意在自行车上欢笑"的物质女,同样也有王朝云这样看重"人间有味是清欢"的精神女。即便日子艰苦,这个男人带来的安全感和种种生活情趣,也让这个性情空灵的女子心满意足,总有微笑洋溢在嘴角。唯愿常伴左右,地老天荒。

"画檐初挂弯弯月,孤光未满先忧缺。遥认玉帘钩,天孙梳洗楼。佳人言语好,不愿乞新巧。此恨固应知,愿人无别离。"苏东坡的这首《菩萨蛮》让我们遥想他们当年的情深意笃。

有一次,黄州太守徐君猷宴请宾客,苏东坡携朝云同去。席间,朝云载歌载舞连续三曲《减字木兰花》,让举座惊艳。苏东坡引以为荣,尊朝云为"如夫人"。新鲜的爱情给诗人带来创作灵感:"大江东去浪淘尽"——气势磅礴的《浪淘沙》;"也无风雨也无晴"——淡泊禅意的《定风波》;"十年生死两茫茫,不思量,自难忘"——饱含深情的《江城子》。一首首千古绝唱都写于这段时间。

黄州生活的第四年,朝云为苏东坡生下一个儿子,长得顾然颖异,酷似其父,老夫少妻间也更多了一份情趣。苏东坡给好友写信报喜说:"云蓝小袖者,近辄生一子,想闻之,一抚掌也。""云蓝小袖者"就是指初为人母,更加娇憨可人的朝云。苏东坡为幼子起名苏遁,"遁"的意思是隐藏起来不让人知道踪迹。已界天命之年的苏东坡不求儿子富贵显赫,只求他一生平安。"人皆养子望聪明,我被聪明误一生;唯愿孩儿愚且鲁,无灾无难到公卿。"

很快,怡然自得的天伦之乐被打断,像苏东坡这样的大才子依然无法左右自己的命运。朝廷再次命他迁任汝州团练副使,就在赴任途中,才 10 个月大的儿子,经不起旅途奔波,患病夭亡。

天降横祸,年轻的朝云日日以泪洗面,恨不得随遯儿而去。苏东坡心痛不已。"我泪犹可拭,日远当日忘。母哭不可闻,欲与汝俱亡。故衣尚悬架,涨乳已流床。感此欲忘生,一卧终日僵。"新鲜的乳汁每日喷涌,却再无幼儿待哺。

忧伤的朝云收拾起一颗破碎的心,拜泗上比丘尼义冲为师,开始静心修佛。

三、红颜知己

宋哲宗继位后,任用司马光为宰相,全部废除了王安石的新法。当年反对新法的苏东坡又被召回京城,升任龙图阁学士、兼任小皇帝的侍读,可谓时来运转。可是诗人秉性耿直,并不赞成司马光尽废王安石全部新政,在朝四年不断发出反对的声音。用现在的话说,真是刺儿头:新政当权,陈述新政弊端;废新政者当权,他又提醒新政亦有可取之处。当权者当然无法容忍他的客观辩证,中国从政历来是站队政治,不站我方,就是敌方。

也在这期间,王闰之病卒于北京。苏东坡非常厌倦朝中钩心斗角，主动请求出任外职，先后担任杭州、颍州、扬州、定州等地的知州，他希望他所钟爱的钱塘女子能生活在故园，而他本人也非常喜欢江南。

像很多传统读书人一样，"进则兼善天下，退则独善其身"。尽管政治上不如意，苏子还是不改豁达乐观的本性，很爱开玩笑。有一天从外面宴毕归家，大约席间又有些争论，他一边抚摸肚子，一边问一旁小心伺候的女人，"你们说，我这肚子里都装着什么？"一女说是文章，苏子摇摇头；又一女说是见识，苏子还是摇头；朝云淡淡一笑，"装着一肚皮不合时宜。"苏轼哈哈大笑："知我者，唯有朝云也。"

还真是，不管新党当权，还是旧党得势，苏东坡都不偏不倚、不党不私，也因此不被待见，屡受排挤。这不就是不合时宜吗？唯有理解又亲近的人才会如此戏谑。与亡妻王弗、续弦王闰之相比，王朝云与苏子更默契，精神上更能沟通，除了生活伴侣，更兼灵魂伴侣。这对两个人来说都是一件幸事。

朝云病逝后，苏子在她坟墓前的六如亭上题写了一副楹联："不合时宜，惟有朝云能识我；独弹古调，每逢暮雨倍思卿。"一片深情，令人动容。他曾赠给朝云一首词："白发苍颜，正是维摩境界。空方丈、散花何碍。朱唇箸点，更髻鬟生彩。这些个，千生万生只在。好事心肠，著人情态。闲窗下、敛云凝黛。明朝端午，待学纫兰为佩。寻一首好诗，要书裙带。"

苏东坡本来就有宗教情怀，与一些高僧交往甚密，大量的诗词文字里颇有禅意，他也研究道教、瑜伽等等。朝云虔心拜佛之后，他称她为"维摩"，这样的称谓在怜爱欣赏之余也包含着尊重和敬意。按照佛家说法，维摩是一位"虽为白衣，奉持沙门清净戒律；虽处居家，不着三界；示有妻子，常修梵行"的居士，以居士身相，现不可思议神通，说不可思议妙法，教示善男信女修学佛道，"直下承担"。苏东坡的行止、文风都以维摩居士为模范，唐代诗人王维更以维摩自居，将字号改为"摩诘"。可见朝云在苏子心目中的地位和分量。

一个一心修佛的人，便多了一种虔诚、专注的力量，给人带来宁静、平和的气场，让人心安。生活带来的种种磨难、苏子给她的耳濡目染，使朝云渐渐真正成熟起来，浑身弥漫着成熟女人的魅力。她不仅走入苏子的生活，也走入他的内心，成为他的红颜知己和亲密爱人。

四、陪伴左右

苏东坡一辈子做一个不合时宜的人，屡遭贬谪，59岁那年，干脆被贬到了广东惠州，遥远的蛮荒之地。苏东坡让身体纤弱的朝云留在江南，不必随他南下。倔强的朝云无论如何都要陪伴在自己男人的身旁。"执子之手，与子偕老"，这是她的信念和愿望。

苏东坡特意写了一首《朝云诗》，表达自己内心的五味杂陈：

> 不似杨枝别乐天，恰如通德伴伶元；
> 阿奴络秀不同老，天女维摩总解禅。
> 经卷药炉新活计，舞衫歌板旧姻缘；
> 丹成逐我三山去，不作巫山云雨仙。

这首诗还有一段序文："予家有数妾，四五年间相继辞去，独朝云随予南迁，因读乐天诗，戏作此赠之。"当初白居易年老体衰时，深受宠爱的美妾樊素弃他而去。而晋人刘伶元在年老时得了一个叫樊通德的小妾，二人情笃意深，谈诗论赋，议古说今，有"刘樊双修"的美名。苏东坡用这两个典故，感慨朝云同为舞伎出身，却不同于樊素的薄情，和自己心意相通，患难与共。

在惠州的生活比黄州时更为艰苦，好在朝云在性情上、艺术上、佛学上都与苏子两相投契，两人经卷药炉，打坐炼丹，闲暇也拨弦唱曲。朝云爱唱那支《蝶恋花》词：

> 花褪残红青杏小，燕子飞时，绿水人家绕。枝上柳绵吹又少，天涯何处无芳草？
> 墙里秋千墙外道，墙外行人，墙里佳人笑。笑渐不闻声

渐悄，多情却被无情恼。

佳人唱到"枝上柳绵吹又少，天涯何处无芳草"时，想到苏子的颠沛流离，不由得歌喉喑哑，泪湿衣襟。苏东坡被她的深情感动，在她离世后，"终生不复听此词"。

林语堂曾经说："苏东坡是一个不可救药的乐天派，一个伟大的人道主义者，一个百姓的朋友，一个大文豪、大书法家、创新的画家、造酒实验家，一个工程师，一个假道学的憎恨者，一位瑜伽术修行者、佛教徒、巨儒政治家，一个皇帝的秘书、酒仙、心肠慈悲的法官，一个政治上的坚持己见者，一个月夜的漫步者，一个诗人，一个生性诙谐爱开玩笑的人。"像这样一个富有魅力的天才，自然特别有女人缘，哪怕穷困潦倒，一贫如洗，也照样有女子青眼有加。

在惠州也是这样。据传说，有一位颇有几分姿色的温姓女子，16岁了还不肯嫁人，"闻坡至，甚喜。每夜闻坡讽咏，则徘徊窗下，坡觉而推窗，则其女逾墙而去"。两人之间是否有一些暧昧已经难描难画，朝云恐怕也是有些疑虑的。苏东坡给温女物色了一位王姓的男孩成亲。后来，这女子早逝，被埋在江边的沙地上，苏东坡非常感伤，写出"拣尽寒枝不肯栖，寂寞沙洲冷"的名句。

照我看，当时苏东坡不太可能跟温姓女子有什么私情，苏子已经耳顺之年不说,他那时热衷于瑜伽道家各种修炼,跟朝云也已经不再有夫妻生活,而是同修的伴侣,这种关系是别人无法替代的。

在惠州生活了两年后,原本身体羸弱的朝云,因为当地湿气重,加上营养不良,疲累操劳,传染上当地一种很厉害的疫病,很快就卧床不起。苏东坡亲自为她熬汤煎药,求神祈福,"小符斜挂绿云鬟,佳人相见一千年",日日虔诚祈祷夫妇相守的日子能够长一点,再长一点。

朝云终究还是去了,临终那一刻,安详平静,嘴里轻轻诵念着《金刚经》四句偈语"一切有为法,如梦幻泡影,如露亦如电,应作如是观"。去世时她还不足35岁。

五、归去

有些男人就算一辈子不只拥有一个女人,你仍然看到他的情义,不奸不淫,令人动容。胡适也许算得上这样的一位,平生与多位女子结缘,每一位都对他深情款款,并不因他的离去而心生怨怼。甚至在他去世后出文集时,他的夫人还会和他的情人一起商议要讳去哪些内容,以维持他的清誉。

苏东坡也是这样一位多情又专一的男子。说起来他有"克妻命",第一任妻子婚后十年撒手西归,在埋葬王弗的山坡上,他亲手栽下三万棵青松,松涛阵阵,代表他对爱妻的呼唤和陪伴。在王弗逝去十年的一个夜晚，亡妻走入苏子梦境，醒来后泫然泪下，不能自已。

"十年生死两茫茫，不思量，自难忘。千里孤坟，无处话凄凉。纵使相逢应不识，尘满面，鬓如霜。夜来幽梦忽还乡，小轩窗，正梳妆。相顾无言，惟有泪千行。料得年年肠断处，明月夜，短松冈。"这首《江城子》已经成为千古绝唱。

续弦王闰之在陪伴苏轼二十五年之后也染病去世。苏轼哀伤至极，写《祭亡妻文》称赞她"妇职既修，母仪甚敦。三子如一，爱出于天"，痛心地表示"已矣奈何，泪尽目干。旅殡国门，我实少恩。惟有同穴，尚蹈此言"。妻子死后百日，他请大画家李龙眠画了十张罗汉像，在僧人给她诵经超度往生乐土时，献给她的亡魂。而在他去世后，弟弟苏辙将他和王闰之合葬了，了却了他生前的愿望。

朝云是苏子最受宠爱的女人，为她写的生平文字看起来克制平实，"一生辛勤，万里随从""敏而好义，事先生二十有三年，忠敬如一"，实际上，每个字都刀劈斧砍一般，有着深入骨髓的力道和柔情。

按照朝云的心愿，苏东坡将她安葬在惠州城西丰湖边，离一座佛塔和几座寺院很近，晨钟暮鼓陪伴这位虔诚的佛教徒。在葬后第三天，当地突起暴风骤雨。第二天早晨，人们发现墓地东南侧有个巨大足迹。苏东坡相信有佛来陪朝云同往西方乐土，于是再设道场，为之祭奠，还在墓前建筑六如亭以表纪念。

如今，六如亭上刻有清朝道光年间林兆龙书写的对子："不增、不减、不生、不灭、不垢、不净""如梦、如幻、如泡、如影、如露、如电"。后一联是朝云临终前吟咏的《金刚经》中"如梦幻泡影，如露又如电"的六如偈。

光阴飞逝，时至今日，朝云与苏子之间的爱情仍然令人感慨。惠州打造了一出大型历史民俗歌舞剧《东坡与朝云》，向今人继续传唱这一千古爱情。

是否青史留名对于朝云来说也许并不重要，"素面反嫌粉涴，洗妆不褪唇红。高情已逐晓云空，不与梨花同梦"。超凡脱俗的她已经看破红尘，接纳命运给她的一切，爱过，痴过，笑过，哭过，而这一切终是如梦幻泡影，原本是空……

芸娘：浮生若梦，为欢几何？

一、最可爱的女人

在荷塘边散步，荷花粉嫩得让人怜惜。"江南可采莲，莲叶何田田。鱼戏莲叶间，鱼戏莲叶东，鱼戏莲叶西，鱼戏莲叶南，鱼戏莲叶北。"

知道吗？莲花傍晚会把花瓣合上，清晨再打开。从前有一个女子，用雪白的细纱布包了茶叶，在天快黑的时候，把这个包了茶叶的纱包小心地放进莲花里，让莲花像抱小婴儿一样，紧紧地抱一个晚上。第二天天亮，花瓣绽放了，再把茶包拿出来。这茶会有什么味道啊？是莲花的味道！

是的，莲花的味道，也许还有清露的味道、明月和寂寥星星的味道。为喝一杯夏日之茶，能想出这样点子的是个妙人，能每天这么纤手素心制作的人，定是个清雅之人。

芸娘是也。

芸娘是清朝苏州落魄文人沈复的娘子,因为沈复的那本《浮生六记》而广为人知,她的故事也流传至今。

林语堂非常推崇、喜欢芸娘,赞她是"中国文学及中国历史上一个最可爱的女人",把《浮生六记》翻译成英文,让天下更多的人知晓这位可爱的女子。

芸娘并非绝色佳人,她老公沈复自己这么描述她:"其形削肩长项,瘦不露骨,眉清目秀,顾盼神飞,唯两齿微露,似非佳相。"是那种微带缺陷,而缺陷可以转化为特点的美女,就像索菲亚·罗兰的大嘴、巩俐的虎牙。

"两齿微露"又何妨?"乃是人间最理想的女人,能以此姝为妻,真是三生有幸呢!"大师林语堂是真的动心了!

芸娘,苦命的孩子,4 岁时父亲(沈复的舅舅)去世,母亲带着她和弟弟几乎无以为生。芸娘稍微长大以后,一家三口全指望她的十指做女红维持生计。因为亲戚关系,芸娘和沈复从小便有机会一起玩耍,所谓青梅竹马,彼此中意,便在 13 岁那年(芸娘比沈复大 10 个月),"脱金约指缔姻焉"。

认定了自己的男人,便忍不住处处关爱。沈复的堂姐出嫁,一大家子人来人往乱哄哄的。沈复觉得肚子饿,又嫌用人端上来的果品点心过于甜腻。芸娘"暗牵衣袖",贴心的人儿早早为他预留了一碗暖粥和小菜。

洞房花烛夜,两人并肩吃夜宵。芸娘正值斋期,沈复一算,恰是从自己出痘之日开始的,"已数年矣",少女心里一定暗暗许下心愿,"保佑郎君康复,保佑郎君面上无痕"。"今我光鲜无恙,姊可从此开戒否?"芸娘嫣然一笑,这才开戒而食。

芸娘恪守礼节,帮老公整理衣衫,要说一迭声的"得罪得罪";老公递个扇子毛巾之类的,一定起身来接;正坐着跟人聊天,看见老公过来,也一定恭迎立于身边。沈复嫌她迂腐刻板,认为"恭敬在心,不在虚文",说她"礼多必诈"。这回芸娘是真伤心了,辩解道:"至亲莫若父母。可内敬在心而外肆狂放耶?"又说"世间反目多由戏起"。

其实芸娘是有道理的,不管多亲近的人,都不可以过分近而戏,以至于生出罅隙。"唯小人与女子难养也,近则不逊远则怨",爱人之间保留一份恭敬,看起来是距离感,实际上能够预防"不逊"而让感情更持久。

结婚经年后,两人"情愈密",就算在庭院里、走廊里、暗房里,不管何处,如果夫妻俩不期而遇,必然双手紧握,双眸含情凝视:"你去哪儿呀?"带着难以克制的欣喜,好像蜜月期一直无尽头。

有一年的七夕情人节,芸娘置办了香烛瓜果,夫妻俩同拜天孙。沈复专门刻了两方图章:"愿生生世世为夫妇",红字的归夫,白字的归妇。

夫妻俩感情好到遭天妒吧。芸娘 18 岁嫁人,41 岁撒手西去，与沈复相守二十三年，不管日子有多么艰难，都过得和美静娴。林语堂说他愿意到苏州郊外的福寿山寻找他们的坟墓，供奉跪拜两位的清魂，"因为在他们之前，我们的心气也谦和了，不是对伟大者，是对卑弱者，起谦恭畏敬，因为我相信淳朴恬适自甘的生活（如芸所言布衣菜饭可乐终身），是宇宙间最美丽的东西"。

二、情趣生活

芸娘非常聪颖，牙牙学语时学会背诵《琵琶行》，以后偶得此书，"挨字而认"，渐渐能够识字作诗，写出"秋侵人影瘦，霜染菊花肥"这样的诗句。

闲暇时她也可以和老公聊聊诗文，还自有见地。在各种古文形式中，芸娘最亲近诗歌，而诗歌当中又最爱李白，"李诗宛如姑射仙子，有一种落花流水之趣，令人可爱"，"杜诗锤炼精纯，李诗潇洒落拓；与其学杜之森严，不如学李之活泼"。

老公和她开玩笑，说她的启蒙老师是白居易，知己是李太白，老公是沈三白（沈复号三白），跟白有缘啊！芸娘轻巧对答："跟白字有缘，可能以后会白字连篇啊！"夫妻俩相视大笑，不亦乐哉。

芸娘非常贤惠能干，因为沈复喜欢喝酒，不喜欢多吃菜，芸娘特意设计了一款梅花盒，"用二寸白瓷深碟六只，中置一只，外置五只,用灰漆就,其形如梅花,底盖均起凹楞,盖之上有柄如花蒂。置之案头,如一朵墨梅覆桌;启盏视之,如菜装于瓣中,一盒六色,二三知己可以随意取食,食完再添"。实用之余,兼有极好的视觉效果,秀色可餐,这是需要巧手慧心的。

沈复不擅长官场商道,只喜欢诗文书画,爱花成癖。恰好芸娘也是一位文艺青年,愿意让自己与所有美好的事物发生关联,用园子里的各色花花草草插花,拿捡来的石头费心做成假山小景,甚至虚下一角,用河泥种千瓣白萍,石上种茑萝,到了秋天,"红白相间,如登蓬莱"。夫妻俩一边观赏,一边议论,"此处宜设水阁,此处宜立茅亭,此处宜凿六字曰落花流水之间……胸中丘壑若将移居者然"。

这样的清雅趣味要两人共同爱好才行,对凡事都要讲个有什么用的实际分子来说,在这样的无用之事上花费心思简直不可理喻。

夫妻俩做了多少无用而有趣的事啊:用花草做活屏风,试验各种焚香的方法,用旧竹帘改做栏杆……不为升官,不为发财,不为权势,就是喜欢沉浸其中的美和乐趣,因为这样的沉浸,平淡无奇,甚至贫穷寒酸的生活也变得活色生香。

两人当然少不了一些浪漫举止。中秋夜芸娘在沧浪亭,铺了毯子,备了茶水,夫妻品茶赏月,"渐觉风生袖底,月到被心,俗虑尘怀,爽然顿释"。小女子还有更妙的主意:"若驾一叶扁舟,往来亭下，不更快哉！"

后来他们果然驾舟同游太湖，甚至女扮男装，一起赶庙会。别人问就说是表弟，居然没有人怀疑。拥挤中，芸娘不自觉将双手按在一女子肩头，惹来怒视和责骂。眼看要惹事端，芸娘连忙摘下帽子露出长发，又跷起一双小脚，声明自己也是女人，才化解了一起纷争。

这样一个活泼生动的女子当然惹人喜爱。林语堂大发感慨："你想谁不愿意和她夫妇，背着翁姑，偷往太湖，看她观玩汪洋万顷的湖水，而叹天地之宽，或者同她到万年桥去赏月？而且假使她生在英国，谁不愿意陪她参观伦敦博物院，看她狂喜坠泪玩摩中世纪的彩金抄本？"

越是恩爱缱绻，越会担心好景不长，芸娘请人画了一幅月下老人像，画中月下老人"手挽红丝，一手携杖悬姻缘簿，童颜鹤发，奔驰于非烟非雾中"。每逢初一、十五，夫妇俩都要默立于像前，焚香拜祷，希望来生也成夫妇。

沈复虽然生在衣冠之家，但是自幼过继给伯父立嗣，缺乏亲情滋润。芸娘的温柔多情，让沈复着迷，偶有小别，便会感觉"林鸟失群，天地异色"，"握手未通片语，而两人魂魄恍恍然化烟成雾，觉耳中惺然一响，不知更有此身矣"。

芸娘很喜欢吃臭豆腐、虾卤瓜，这两样原本都是沈复极其厌烦的，可是被娇妻逼着吃了两回之后，"掩鼻咀嚼之，似觉脆美，开鼻再嚼,竟成异味,从此亦喜食"。这是闻着臭吃着香之类食物本身的吸引,也是爱情的力量。因为爱她,也爱上她喜欢的食物。这就是伉俪情深的明证了。

三、风情女子

芸娘的魅力除了情趣之外,还少不了随身自带的风情——"一种缠绵之态,令人之意也消。"

端庄贤淑的芸娘在闺房里也会阅读禁书,读得还很忘我。"顷正欲卧,开橱得此书,不觉阅之忘倦。《西厢》之名闻之熟矣,今始得见,真不愧才子之名,但未免形容尖薄耳。"老公趁机调教爱妻,"唯其才子,笔墨方能尖薄"。随之便进了温柔乡,"比肩调笑,恍同密友重逢。戏探其怀,亦怦怦作跳。回眸一笑,便觉一缕情丝摇人魂魄,拥之入帐,不知东方之既白"。艳而不淫,清淡美好的笔触记录下夫妻情深。

像这样的风情,书中多处可见,新婚之夜,"见瘦怯身材依然如昔,头巾既揭,相视嫣然。合卺后,并肩夜膳,余暗于案下握其腕,暖尖滑腻,胸中不觉怦怦作跳";夜归入卧室,只见"芸卸妆尚未卧,高烧银烛,低垂粉颈";水边联诗"芸已漱涎涕泪,笑倒余怀,不能成声矣。觉其鬓边茉莉浓香扑鼻";湖边观鱼"余至其后,芸犹粉汗盈盈,倚女而出神焉"。

沈复写她在参加表姐婚礼的时候,众美女争妍斗艳,只有

"芸独通体素淡,仅新其鞋而已",而且鞋子绣制得非常精巧。这是闷骚女的特征啊,不愿张扬,不愿聚光灯照亮,不愿吸引众人目光,唯愿那么一点巧心独具被有缘人看在眼里。

芸娘有着足够的自信,好像不懂吃醋似的。有一次,夫妻俩登舟游太湖,船女素云颇不俗。夫妻俩邀她船头一起喝酒聊天对诗,芸娘不胜酒力,素云却是海量。喝着喝着就高了,素云趁着酒劲用粉拳捶打沈复,沈复开玩笑说摩挲可以,捶打不行。芸娘干脆把素云推进沈复怀里,让他摩挲。书呆子又声明,摩挲的趣味在于有意无意间,逞强野蛮地摸就无理无趣了。三个人"嗨"到不行。第二天就有人学话给芸娘,说昨晚她老公跟两个妓女在船上喝酒调笑,让她盯紧点,芸娘大笑,说其中一个妓女就是"我"呀。

芸娘后来真心为老公物色过小妾,她要寻找的是"美而韵者",挑来选去,看中了一个叫憨园的"瓜期未破"的妓女。芸娘精心策划,约憨园密谈,还送了一个玉镯子做定礼,以为这事就这么定下来了。夫妻俩"无日不谈憨园",可是,沈复并非富贵之家,无钱无势,遇到土豪"以千金作聘,且许养其母",于是"佳人已属沙叱利矣",沈复听说了,不敢告诉芸娘。芸娘去探望憨园的时候才知道,痛哭不已,"不料憨之薄情乃尔也!""芸终以受愚为恨,血疾大发,床席支离,刀圭无效。时发时止,骨瘦形销。"这个打击甚至导致芸娘不久便含恨离世。

据此有人怀疑芸娘是同性恋,就像李渔笔下的《怜香伴》,为妻的崔笺云将自己爱慕的曹语花许给丈夫做妾,圆两人一个"宵同梦,晓同妆,镜里花容并蒂芳。深闺步步相随唱,也是夫妻样"的梦想生活。梦想未成,失望而死。

夫妻久了,就有了母亲的感觉,希望他一直享有最好的,他幸福她便幸福似的。可同时一颗心又酸楚得流出泪来。这就是了,芸娘也有着这般心思吧,与其让丈夫自己找,还不如自己帮他找。何况当时的观念和风气本来就以纳妾为常事。以此推彼,便可以理解了。

情到深处自然浓!

四、至死不渝

人生在世,其实就是活在各种各样的关系当中。在芸娘眼里,老公当然是她的第一关系,其实还有些外在关系会影响到这一关系,比如和老公朋友的关系。

中国男人最要面子。当年成龙忍痛舍弃娇弱自我的邓丽君,选择顾全大局的林凤娇,就是因为她能把他那些弟兄照顾得很好,给足他做大哥的面子。要做压寨夫人,就必须有压寨夫人的担当。

沈复虽然不是做大哥的材料,朋友还是有几位的,芸娘自然需要小心应对,有的时候,朋友都说好,丈夫才会说好。这一点,芸娘做到了。

沈复的朋友都是些饱学之士、清雅之人，他们在一起规定了"四忌"，忌"谈官宦升迁、公廨时事、八股时文、看牌掷色；有犯必罚酒五斤"。也约定了"四取"，"慷慨豪爽、风流蕴藉、落拓不羁、澄静缄默"。

这些人"如梁上之燕自去自来。芸则拔钗沽酒，不动声色"。女主人巧手慧心，大家凑了份子钱，买些简单食材，经她悉心烹饪，就变成美味佳肴。他们家成了一个吸引朋友聚会的中心。

他们刚结婚不久的一年春天，几个朋友相约着去苏州郊外观赏油菜花，可是荒郊野外，没有热茶热饭，聪明的芸娘花钱雇了个卖馄饨的，请他带着锅灶随往。先烧水泡茶，然后烹肴美餐。

"是时风和日丽，遍地黄金，青衫红袖，越阡度陌，蝶蜂乱飞，令人不饮自醉。既而酒肴俱熟，坐地大嚼，担者颇不俗，拉与同饮。游人见之莫不羡为奇想。"

吃饱喝足，有人坐，有人躺，有人高歌，有人长啸，各自陶醉。待到夕阳西下，沈复惦着喝碗清粥，卖馄饨的又买了点米，为这几位颇有魏晋之风的狂人熬制，菜花之游至此尽兴，大笑着各自散去。

像这样冰雪聪明、善解人意的女子，当然令沈复在众友面前脸上格外有光，更增添了怜爱之情。

遗憾的是，芸娘苦心经营的婆家关系却失败了。虽然芸娘一直小心翼翼,仔细应对婆家人,只可惜各种家庭琐碎让她渐渐失去公婆欢心。让公公嫌恶主要是因为无意中看到小夫妻往来的一封信,"背夫借债,谗谤小叔,且称姑曰令堂,翁曰老人,悖谬之甚!"且不去评说小叔子是否行为不端,少不更事的芸娘怎么就没想到白纸黑字的轻狂不得,那可是无法申辩的铁证。想日后的另一位才女杨绛也同样给丈夫一封信,也同样被公公看了去,也同样面临家庭琐事,却大度劝夫两个人的爱情须得到两个家族的肯定和支持,意思是要搞好跟各位亲戚的关系,这样申明大义的一番言论深得未来公公欢心,认定了这个儿媳。

都是一封信,却换来完全不同的际遇,再加上日后男装出行、跟船娘船头喝酒行令、和妓女憨园结为姊妹等举动,公婆越来越不待见芸娘,最后,公公不再接济他们,将他们逐出家门,断绝了关系。

沈复是一个没有多少生活能力的书生,就像许仙吧,温润体贴也伴随着懦弱无能,可是就像白娘子对许仙的爱,芸娘亦是致死不悔。

问题来了,沈复是否配得上芸娘这般深情?

他们默契恩爱得令人艳羡,"其癖好与余同,且能察眼意,懂眉语,一举一动,示之以色,无不头头是道"。尽管如此,沈复外出期间还是随朋友去嫖过妓,虽然他说那妓令他想起芸娘,而嫖妓之时,他心里念念不忘的也还是他的芸娘。

　　这算身的出轨,不算心的出轨吗?反正,那个年代,在芸娘那里这都不是事,她一样对郎君一往情深。颠沛流离中,芸娘弱体难禁,离别之际,劝说老公修复与父母的关系,早早返乡团聚,如果不便带回尸骨就以后再说;愿他找一个德容兼备的女子孝敬公婆,抚养遗子。一番话令沈复涕泪纵横,表明"曾经沧海难为水,除却巫山不是云"。芸娘紧握他的手,"仅断续叠言来世"。此生缘尽来世再续,不管后人如何评论,冷暖自知,芸娘不悔。

　　现实与过往,到底都是人生如戏,我们也只是在别人的戏里体察自己的人生。说到底,"浮生若梦,为欢几何?"能像芸娘那样,不需要活在传世的书里,只要自以为活在深爱的男人心里,便是这一世的欢梦了。

张幼仪:谁见？谁见？珊枕泪痕红泫

一、"贾宝玉"与"薛宝钗"

徐志摩和张幼仪的关系颇有几分类似贾宝玉之于薛宝钗。

徐家是江南一带有名的富商,家里开着电灯厂、蚕丝厂、布厂、酱厂、钱庄,产业做得很大,当时少见的铁路之所以会特地通过硖石这个小镇,还是因为徐志摩父亲徐申如所做的努力。

徐志摩虽说不是口衔通灵宝玉来到人间,但作为徐家第十三世唯一的男丁,当然倍受宠爱。他成年后与林徽因、陆小曼、凌叔华、韩湘眉还有赛珍珠、史沫莱特的传说,似乎也印证了他处处留情,风流而不下流的形象。

张幼仪也属名门望族,她的四哥张公权和二哥张君劢同一年考中了秀才,当时分别只有 14 岁和 16 岁。1988 年,张幼仪以 88 岁的高龄去世的时候,《纽约时报》曾经专题报道,还特别提到"张幼仪的家庭在 1949 年以前的中国,颇具影响力。他的两位兄长张公权和张君劢,都是财经界和政界的著名人物"。

说起来,就是张幼仪的四哥张公权,替妹妹看中了徐志摩。他当时 24 岁,任浙江省督察朱瑞的秘书。在杭州府中视察时,张公权看到一篇《论小说与社会之关系》的文章,立刻被文章流露出的才气所折服。一打听,原来是硖石商会会长徐申如的儿子,还要什么呢?只这两条,就让他连夜写信给徐申如,提议徐志摩和他的妹妹成亲。

徐申如何等精明,预测到张家兄弟的未来,能够在中国的政界和财经界呼风唤雨。这样的联姻,对于徐家的发展繁荣简直是如虎添翼。他略一斟酌,回信说"我徐申如有幸以张嘉墩之妹为媳"。(这位徐家老爷颇有投资眼光,后来为儿子能拜师梁启超,眼都不眨就出了一千块银圆作为贽礼。)婚事就这样定下了,当时男方 16 岁,女方 13 岁,都还在读书。

张幼仪到底是一个什么样的女孩子呢?"谈不到好看,也谈不到难看。嘴唇比较厚,生得黑",性情和善,为人颇受好评,"沉默寡言,举止端庄,秀外慧中,亲故多乐于亲近之"。

那为什么徐志摩独独不乐意亲近之呢?作为一个追求自由和浪漫的青年,徐志摩对爱情充满诸多的幻想和期待,别人要硬塞给他一个新娘,他的第一反应,当然是像刺猬一样竖起全身的刺。

更何况徐家相中张幼仪,还有一层原因,就是听说她很厉害,把自己姐姐都管得服服帖帖,徐申如夫妻指望这个儿媳,能帮着约束自己的儿子更有出息。这个女孩子简直可以说一开始,就站在浪漫爱情和自由生活的对立面上,不幸成为徐志摩反封建的靶子。所以他会在看到张幼仪照片的时候,鄙夷地说,"乡下土包子"。

更为不幸的是,从此,"鄙夷"成了他对待这位第一任夫人的基调。奉命成婚之后,徐志摩看她百般不顺眼。有一次,徐志摩在院子里读书,突然喊一个用人拿东西,又感觉背痒,就喊另一个用人抓痒,一旁的张幼仪想帮忙,徐志摩却用眼神制止了她,那是轻蔑而不屑的眼神,让人不寒而栗。

张幼仪非常的克己本分,从一些小事多少能看出她的为人。嫁到徐家后,她给婆婆做鞋,一定绣花精细,针脚细腻,十分考究,给自己做鞋就很马虎,乱缝一气,能穿就行。而过年过节时公婆要为亲戚准备礼物,她悄悄地拿出私房钱,一一打点好,婆婆询问花了多少钱,明明四十大洋也只说二十大洋,宁愿拿钱买欢心。

这样的张幼仪自然如薛宝钗一般,很讨主流社会的喜欢,但徐志摩却未必喜欢。他的侄子徐炎说张幼仪"很有主见,也很有主张,且相当主动,既不会哭,也不会笑,是一个三主俱全的女强人"。

"既不会哭,也不会笑?"这就对了,那个人人说好,事事约束自己的妻子在徐志摩眼里也许就是个波澜不兴、没有趣味的女人，呆板、刻板，甚至死板，哪怕所有人都看好的金玉良缘，在他也只是味同嚼蜡，甚至如鲠在喉。

二、秋天的扇子

林徽因曾经评价徐志摩优雅、善良，总是苦自己而不肯伤害别人。可是挪到张幼仪身上，怎么看怎么觉得，徐志摩对张幼仪的态度与这些评价毫不相干，不仅毫不相干，根本就是判若两人。想象张幼仪所面临的那些绝情时刻，一股侵骨的凉意让人绝望。

能够想象吗？在英国沙士顿，举目无亲的妻子，惴惴不安地告诉丈夫，自己怀孕了。那男人眼皮都不抬，"赶紧打掉"，甚至怎么打，在哪打都没有兴趣过问。妻子惶恐的一句，"我听说有人因为打胎死掉的"，换来比石头还硬的一句，"还有人因为坐火车死掉的呢，难道你看到人家不坐火车了吗？"

没多久，这个男人居然失踪了。"我的丈夫好像就这样不告而别了。他的衣服和洗漱用具统统留在家里，书本也摊在书桌上，从他最后一次坐在桌前以后就没碰过。"他就这样，毫无迹象地蒸发了，把怀着他骨肉的妻子，丢在那样一个陌生的环境。张幼仪说自己像一把"秋天的扇子"，被无情地遗弃了！

十几天之后，徐志摩托了一个叫黄子美的人来敲门，只是找张幼仪来要一个答案，"你愿不愿意做徐家的媳妇，而不做徐志摩的太太？"做人可以这样不考虑别人的感受吗？况且这个"别人"已经给他生了一个孩子，正怀着第二个。

事情还不止于此，在兄长的帮助下，万箭穿心的张幼仪强忍痛苦，在柏林生下了二儿子彼得。那个绝情的丈夫又追过来，不看望妻子和孩子，只为了一个迫不及待的心愿——离婚。

他们在一个朋友家里见面，张幼仪说："你要离婚，等禀告父母批准才办。"徐志摩却用狠硬的态度说："不行！我没时间等！你一定要现在签字！"张幼仪知道无可挽回，只有含泪在离婚协议上签字，当时彼得出生还不到一个月。

他们的婚姻没有熬过七年之痒，轰然倒塌。面对废墟，那个诗人高兴得像个孩子手舞足蹈，他要昭告全天下，他离婚了，他是自由身了。

他们的离婚通告，发表在 1922 年 11 月 8 日《新浙江》增刊"离婚号"上，"我们已经自动，挣脱了黑暗的地狱，已经解散烦恼的绳结"，"欢欢喜喜的同时解除婚约"，"现在含笑来报告你们这可喜的消息"，"解除辱没人格的婚姻，是逃灵魂的命"。

诗人也许确实不爱那个父母选定的女人，第一夜并没有进洞房。可是后来还是有了儿子阿欢，就在英国狂热地追求林徽因的当口，也没有耽误他跟合法妻子的鱼水之欢。他难道忘记自己的结论"爱的出发点不定是身体，但爱到了身体就到了顶点;厌恶的出发点,也不定是身体,但厌恶到了身体,也就到了顶点";如果不爱,就坚持不爱,何必招惹人家? 也许只有男人们能够理解他。

冰火两重天,诗人爱一个人时,会全心全意感受对方,恨不得为她生为她死, 比如对林徽因、陆小曼。如果不幸被他厌倦(也许说鄙视更合适),那他可以忽略掉你所有的感受,他满腔诚意地以为,你应该和他一样。

就像对于离婚,他认为那被遗弃的妻子也应该和他一样欢呼雀跃,他居然为那以泪洗面的女子这样写诗。"毕竟解散,烦恼难结,烦恼苦结。来,如今放开容颜喜笑,握手相劳;此去清风白日,自由道风景好。听身后一片声欢,争道解散了结儿,消除了烦恼!"简直让人哭笑不得。

"一个在众人面前的天才,如果住你家隔壁,你会骂他疯子;如果和你一屋子生活,被逼疯的可能是你",这话能放在这一对男女身上吗?

三、她如薛宝钗

如宝钗一般,纵然心在滴血,摆出来的,还是一张笑脸、一张有分寸的笑脸。不知道张幼仪花了多长时间修复内心的创伤,反正让别人看到的,是在离婚不久,她就一边抚养儿子彼得,一边进了德国裴斯塔洛齐学院专攻幼儿教育,继续她十七岁时中断的梦想。

很多人都误以为张幼仪是一个旧式的小脚女人,实际上,她在精神和行为上,比陆小曼更符合新女性的标准,和林徽因一样有上进心,只是少了一点自我和轻灵。

就算在外表上,她也并不是真的小脚。在她3岁那年,母亲为她裹脚,她撕心裂肺地哭喊,让哥哥心痛,做主扯了裹脚布,成了一双天足,日后穿起西服,那脚配上皮鞋,也是协调的。

现在位于上海南京东路四百八十号二楼的上海工商银行黄浦支行,在四十多年前,是女子商业储蓄银行,是张幼仪叱咤风云、施展才华的地方。她把自己的办公桌安置在大堂最后的角落,为的是观察、监控所有职员,身为银行的主要负责人,她每天上午九点准时上班,从不迟到。

"有主见、有主张且相当主动"的"三主"女强人,以她铁娘子似的勤勉和严格再加上兄长的帮助,张幼仪很快就在金融界风生水起,大获成功。

张幼仪历来有经济头脑,与徐志摩离婚之后,在国外的生活全靠徐家老太爷每月三百大洋的供给。1926年徐志摩和陆小曼结婚期间,徐家上下都在忙着筹办婚事,把寄钱的事给忘了。可怜的张幼仪一边写信提醒,一边算着日期,把钱和土豆按十天的时间分成十份,果然等到汇款如期而至。

商海的打拼让张幼仪的商业触觉越发敏感。抗战期间,她买进一批德国产的染军装的染料,后来德国停止进口,因为做军装的急需,这批货以高于原价一百倍的价格卖出,狠赚了一笔。以后她更操作起股票,绝对是最时髦的弄潮儿。

在这方面,和张幼仪相比,陆小曼简直幼齿得拎不清。张幼仪学成归国后,徐志摩和张幼仪九弟张禹九等几个朋友创立了云裳服装公司,1927年8月的《上海画报》几乎天天有云裳的广告,那些文案现在看来也还并不落伍。

> 要穿最漂亮的衣服,
>
> 到云裳去!
>
> 要配最有意识的衣服,
>
> 到云裳去!
>
> 要想最精美的打扮,
>
> 到云裳去!
>
> 要个性最分明的式样,
>
> 到云裳去!
>
> 云裳是上海唯一的妇女服装公司。特聘艺术图案刷染缝纫名师承办:社交、喜事、跳舞、家常、旅行、戏剧、电影种种新异服装鞋帽等件及一切装饰品。定价公道,出品快捷。特设试衣室、化妆室,美丽舒适得未曾有。定于七月初十日开幕,敬请参观。

按说穿衣打扮是陆小曼的强项，总经理却由张幼仪稳稳坐妥。陆小曼只管穿衣服亮相。1927年8月6日《上海画报》刊登陆小曼着云裳新装照，紧接着的一期画报上就有人为之写词《如梦令·题陆小曼女士新装小像》："云裳尔许丽都，花容月下谁如？晚装楼十里，甚帘敢卷真珠。仙乎仙乎，一时瑜亮唐家。"

陆小曼还拉了好姐妹唐瑛来捧场，当时在上流交际圈素有"南唐北陆"之称，这一对交际花的代言绝对比现在大小S厉害得多，由此效应带来的银子自然也稀里哗啦的。

陆小曼绝对是一本糊涂账，不是觉得有老公入股，肉烂在锅里，也并不是要弥补自己抢了人家老公的内疚。她压根就想不起来要算这笔账，有漂亮衣服穿就好了，还要钱干吗？要钱还不是为了华服美食？所以徐志摩去世后，徐家在上海的老宅子本来理所当然有她一份，她却不知道去继承。头脑清晰的张幼仪以干女儿的身份继承了一份，回过头来，再接济生活拮据的陆小曼。

陆小曼其实不爱财，只是喜欢花钱带给她的感官享受。张幼仪重视钱财，除了天生对挣钱有几分敏感，多少还是因为挣钱带来的成就感。就如同当年做新娘时做鞋的举动，给婆婆费尽心思，对自己却马马虎虎。她内心的愉悦感有相当一部分要依赖外界的给予。张幼仪对自己缺乏信心，而摧毁她自信的最大力量,就来自丈夫徐志摩。

从张幼仪于1921年去欧洲时与徐志摩的合影可以看到:她穿着连衣裙,戴着硬顶圆帽,身边依偎着丈夫,已经结婚六年多,她脸上的笑还是拘谨而客气,好似一对才相识的新人。

单人照倒多了一些好奇、打量的活泼,和林徽因、陆小曼相比,她让我们看到的照片太少了。一个被丈夫"鄙视"的女子,怎么可能有兴致留影? 后来的那个张幼仪,看上去自强自立,内心一定有一处伤痕,是曾经的丈夫徐志摩所赐。

实际上几乎所有人,都对张幼仪评价甚高,梁实秋就不吝赞美之词,"凡是认识她的人没有不敬重她的,没有不祝福她的"。

可是,就像贾宝玉说什么都不肯喜欢薛宝钗,徐志摩也就是不喜欢张幼仪。这是她难堪的命运,无法逃避。

四、还真是薛宝钗

在国外时,徐志摩和张幼仪一起出去,当她非生物一样,从来不向同学做介绍,甚至故意跟别人说英语,将她隔离在人群之外;任何时候张幼仪一开口,他都是一脸的鄙夷和不屑;在家里只有夫妻俩时,他更是沉闷如哑巴。如果,张幼仪只是一个服侍他的用人,他都会和善、慷慨很多。

张幼仪晚年曾经描述过那段生活:"当年我没办法把任何想法告诉徐志摩;我找不到任何语言或辞藻说出,我知道自己虽是旧式女子,但是若有可能,我愿意改变。我毕竟人在西方,我可以读书求学,想办法变成饱学之士,可是我没法子让徐志摩了解我是谁,他根本不和我说话。我和我的兄弟可以无话不谈,他们也和徐志摩一样博学多闻,可是我和自己的丈夫在一起的时候,情况总是'你懂什么?''你能说什么?'。也许经济条件不许可,也许家里烧的中国菜到底对口味一些,徐志摩每天还回到家里吃饭,可是,如果饭菜好吃,他一句话都不讲;要是饭菜不好,他也不发表意见。"

要有多么粗壮、强大的神经,才能经得起这样的精神虐待?徐志摩费尽心机要摆脱张幼仪,他的朋友甚至想出让金岳霖做替人来吸引张幼仪的点子,饭桌上说这番话时,刚好被坐在屏风另一侧的金岳霖听到,走出来,大家才一笑了之。

哪个女人经得起如此不堪的境遇,本应该最挚爱你的人,却无视你的存在,鄙视你的观点,嫌恶你的做派。纵然张幼仪古板了一些,没有陆小曼那般妩媚风情,没有林徽因那般灵秀动人,可是如果有一个珍爱、欣赏她的丈夫,她温情女人的一面也许就被激发出来了,女人是用来宠的呀。

就是这样一个可以称得上"残酷无情"的人,却有着不可思议的魔力。在追求林徽因之前,和林父相识,两人相互欣赏,情感热烈到需要林装成已婚男人,徐装成已婚女人,玩起互写情书的游戏。

　　而张家也始终以徐志摩为荣，得知徐志摩和妹妹的离婚终究不可挽回时，二哥张君劢并不记恨徐志摩，反而痛心地说，"张家失徐志摩之痛,如丧考妣"。很多年以后，其中一个兄弟张禹九还特别提出在他的葬礼上要朗诵几首徐志摩的诗。

　　张幼仪难得的隐忍和坚强,多年以后，提起那场沸沸扬扬的离婚，她淡淡一笑，"我要为离婚感谢徐志摩，若不是离婚，我可能永远都没有办法找到我自己，也没有办法成长"。彼时的她，已经有足够底气可以做到这样的气定神闲，天高云淡。只有经历过凤凰涅槃的人，才会有那种痛彻后的轻盈和领悟。

　　张幼仪非常有气度,有才干。离婚后，她和徐志摩友好相处，以义女身份操持徐家,照顾徐志摩的双亲，最后甚至掌管了徐家经济大权，把一切安排得井井有条。更值得一提的是,台湾版的《徐志摩文集》也是在她主持下完成的。

　　1931年11月徐志摩飞机失事，陆小曼昏死过去，用拒绝认尸来回避事实。张幼仪心痛至极，但没有晕倒，也没有不知所措，她分寸不乱，像一个理智的妻子一样，为丈夫尽最后的心，遣儿子去山东收尸，自己主持丧葬。

　　丧礼上，陆小曼看到徐志摩穿着长袍，不满意，认为他应该希望穿西装下葬。张幼仪坚定地不许任何人移动、摆布徐志摩，不许让他死后还不得安生。徐志摩，还有陆小曼，都只有服从她的意志。

五、新女性,旧女性

在那个时代,张幼仪应该算新女性了,开公司、炒股票、坐写字楼,可是静观她一生,依然因循着"三从四德"的束缚。少女时代的她"从兄",嫁了不爱自己的人;婚后七年"从夫",解除了这桩婚事;年老后又"从子",为自己找了一个归宿。

对她而言,也许只有这样,在别人的许可下,才能过得心安理得,面带微笑。她习惯忽视自己的内心,于是别人也逐渐习惯忽略她的感受。

"她(幼仪)沉默地坚强地过她的岁月,她尽了她的责任,对丈夫的责任,对夫家的责任,对儿子的责任——凡是尽了责任的人,都值得令人尊重",梁实秋的评价恰如其分,可是人们在敬重她的同时,有谁真心替这个尽责任的女人考虑过,有谁试图去感受过她的内心呢?

徐家老爷,会把最靠近老夫妻卧室的另一间房专门留下来,给从儿媳变成义女的她,可是再豪华的房间,盛放的也只是一个人的清寂和孤独啊!在一个又一个暗夜里,"知否那人心?旧恨新欢相半。谁见?谁见?珊枕泪痕红泫"。

当然,徐家一直器重这个儿媳。1931 年徐母病重,徐志摩父亲坚持要张幼仪出面主持家政,张幼仪认为自己的身份不合适,要求必须徐志摩打电话,她才能去。接了徐志摩的电话,她去了,里里外外，井井有条，一直侍候到徐母去世，操办完丧事。

而徐志摩此时的正牌妻子陆小曼却被拒之门外，只能住在一家小旅社里。徐志摩为此愤愤不平，写信给陆小曼："我家欺你，即是欺我——这次拒绝你，便是间接离绝我，我们非得出这口气。"

徐家对张幼仪的好，世人皆知，当时甚至还有一些关于徐申如和张幼仪的传闻。为徐志摩写过传记的韩石山经过考证，认为不可信，以徐志摩的敏感和性格，如果发生，他不会不觉察；如果觉察，他绝对眼里揉不得沙子。那些传言应该是些空穴来风的无稽之谈。

"她是极有风度的一位少妇，朴实而干练，给人极好的印象。"正如梁实秋所言，张幼仪并非没人追，刚刚离婚不久，就有一个留学生常来看她，有一天终于开口问她："还打算结婚吗?"张幼仪的回答只有一个字——"不"。

据说20世纪30年代张幼仪又遭遇过罗隆基的追求。此人清华大学毕业，也曾赴英美留学。他很会讨女人喜欢，跟妻子常年关系失和，却对张幼仪大献殷勤，又是送鲜花，又是请喝咖啡，张幼仪一概婉言谢绝。

罗隆基还以为是婚姻阻碍了自己，就决定离婚，他自己说："每天抓住太太没头没脑地乱捶乱打，打得她一佛出世，二佛升天，死去活来，什么赡养费，简直连想都不敢想，便自动下堂就去。"这样的男人自然不能嫁。

事实上，罗隆基离婚后，娶了王右军，这位王小姐据说是《日出》里陈白露的原型，幸亏张幼仪没有对他动感情，否则，像她恐怕也很难是"陈白露"的对手。

常常有人说："男人不坏，女人不爱。"其实好女人和坏女人对决，未必占得了上风，就算比张幼仪命好，也多是被摆在供桌上像模像样地供起来，很难得到掏心掏肺的疼爱。只是能被供起来的女人，多半被供着就会像模像样地笑，不管内心是荒凉的还是平静的。

张幼仪第一次婚姻里的人，吝啬到不肯把她供在那里。在一时，这是不幸；在她的一生，却成了幸运。

六、说不定我最爱他

据徐志摩的侄子徐炎说，张幼仪一直希望能够复婚。她总是把徐志摩的油画，摆放在自己的房间里，将关于他的信息，放在写字台的玻璃板下面。虽然能干的张幼仪内心明白：只要她愿意，在很多方面，她都可以做得比男人还好；可是一个骨子里传统的女人，还是会把她的第一个男人当作终身伴侣。

至于徐志摩，脱离了夫妻关系以后，用朋友的眼光来看张幼仪，也另有体会了，"张幼仪可是一个有志气有胆量的女子"。但是，尊重依旧代替不了爱。1925 年，他们 3 岁的儿子彼得早逝，张幼仪让徐志摩陪她喝咖啡、看歌剧。在最心痛的时刻,她仍然希望志摩陪在她身边。

可是,徐志摩却在给陆小曼的信里大发牢骚:"再隔一个星期到柏林,又得对付张幼仪,我口虽硬,心头可是不免发腻。小曼,你懂是不是? 这一来,柏林又变成了无趣的难关。"

柏拉图曾经说过:个体在另一个人身上寻找的,不是他自己的另一半, 而是与他的灵魂结合在一起的真理。张幼仪显然不是徐志摩的真理,林徽因以及后来的陆小曼才是他追求的真理,张幼仪几乎不幸地站在了真理的对立面。这是她无法摆脱的悲哀和不幸。

张幼仪 1949 年去了香港,认识了租她房屋的苏记之,一个专门治花柳病的医生。这位医生性情温和,谈吐风雅,不料老婆弃他而去, 他独自抚养四个孩子。相似的命运让房东与房客惺惺相惜,加上住在一起,宛如一家人,难免日久生情。

1953 年,苏记之向张幼仪求婚了。张幼仪先后给自己的四哥张公权、二哥张君劢、儿子阿欢写了信。二哥当年规定妹妹离婚后五年内不许再嫁,三十多年是多少个五年啊! 于是回了电报,只有一个字"好"。可是回到家里又反悔了,跑回去又拍了个电报,变成两个字"不好"。

四哥张公权当年为妹妹做媒失败,自己对原配也不满意,他对自己很干脆,离婚娶了个知识女性,对妹妹却另有要求,不许她再嫁。现在,面对孤苦了大半辈子的妹妹的来信,他未置可否,说"让我考虑考虑"。

只有儿子阿欢的信让张幼仪泪流满面,放下一颗心。信写得通情达理、情真意切:"母职已尽,母心宜慰,谁慰母氏?谁伴母氏?母如得人,儿请父事。"

1953年8月,张幼仪和苏记之在日本东京一家大酒店举行了婚礼,53岁的张幼仪漂泊到此,终于找到了一个停靠的港湾。两位历经沧桑的"好"人终于找到了自己的另一半,和美平静地生活了二十年,苏记之因为肠癌先走一步。

张幼仪来到美国,希望和儿子一家生活在一起,不料遭到儿媳拒绝,"你姓苏,我们姓徐,不能住在一个屋檐下"。

面对亲情的疏离,70多岁的老人依然沿袭着她一贯的坚强和隐忍,在儿子附近住下来,开始她规律的生活:每天七点三十起床,做完操吃早餐,一碗麦片粥、一个白煮蛋。平时看看报,走走亲戚,上上老年课程:德文班、有氧操、编织班之类的。每周还搓一次麻将,允许自己有二百美金的输赢。一切还是按部就班,有条不紊。

关于徐志摩的各版本传记里,张幼仪只有薄薄的几页,在徐志摩活色生香的感情生活里,她是惨淡、单调的一笔,没有人过多地关注。

她自己也沉默着,从不向别人披露那些陈年往事。直到20

世纪 80 年代，她九弟张禹九的孙女张邦梅，在哈佛大学图书馆无意发现，她的姑奶奶竟然是大诗人徐志摩的原配夫人。这才有了 1983 年到 1988 年五年间，两代人陆陆续续地谈心，才有了《小脚与西服——张幼仪与徐志摩的家变》，才让我们对张幼仪有了多一些的了解。

张幼仪没能够看到这本记录了她一生悲欢的书，面对孙辈的逼问，她在临终前，终于梳理清楚自己对徐志摩的感情，"我没办法说什么叫爱，我这辈子从来没有跟人说过'我爱你'。如果照顾徐志摩和他的家人叫作爱的话，那我大概爱他吧。在他一生当中遇到的几个女人里面，说不定我最爱他"。

徐志摩地下有知吗？在他眼里刻板无趣的女人，有着她独特的爱的方式。林黛玉有爱，薛宝钗也有，只是，宝哥哥独爱林妹妹！

陆小曼:我不知道风是在哪一个方向吹

一、电闪雷鸣的爱情

细看陆小曼所有的照片，一代名媛完全不是我们惯常心目中的交际花形象:她似乎一辈子没有烫过卷发,或是两根小辫,或是齐耳短发,或是随手一盘的发髻,素朴家常,一点也不妖艳。也许真正让男人记在心里,而不是玩在手里的,恰恰是这种不妖在表面,却媚在骨头里的女人吧。

所以,那个看上去很严肃的胡适,会大发感慨:"她是一道不可不看的风景。"会兴冲冲地对刘海粟说:"你到了北平,不见王太太,等于没到过北京。"是的,那时的陆小曼刚刚 20 出头,已经嫁给王赓做了王太太。

王赓比陆小曼大 7 岁,是陆小曼母亲相中的青年才俊、乘龙快婿。他毕业于美国普林斯顿大学和西点军校, 回国后曾经在北京大学任教，后来赴哈尔滨任警察局局长，可以说文武兼备，前途无量。

陆小曼结婚时只有19岁，虽然已经拥有众多追随者，却还没有遇到令她心仪的对象，对父母安排的婚事只是简单地顺从和欢喜。

"谁知这位多才多艺的新郎，虽然学贯中西，却于女人的应付，完全是一个门外汉，他娶到了这个如花似玉的漂亮太太，还是一天到晚手不释卷，并不能分些工夫去温存温存。"这是磊庵在《徐志摩和陆小曼艳史》中的描述。

陆小曼当然不能满足，从小泡在蜜罐里长大，天性需要别人呵护和疼爱。王赓虽然也十分喜爱妻子，可是已经习惯美国式生活的他，总是刻板地把休息玩乐的时间固定在周末，平日都在刻苦用功，把美丽的妻子"轻拿轻放"在一边，就不管不问了。

日子久了，陆小曼难免生出怨气，好面子的她无处排解，加上终日无所事事，便重新回到少女时代就如鱼得水的交际场所，夜夜狂欢。

做社交场所众人瞩目的淑女名媛是陆小曼的必然之选。她出生在富贵之家，父亲陆定不仅是晚清举人，早年还留学日本早稻田大学，成为日本名相伊藤博文的得意门生，曾任国民党财政部司长和赋税司长多年，还创办了中华储蓄银行。母亲吴曼华是江南名门闺秀，擅长工笔画，古文功底也颇深厚。陆小曼前后还有八个兄弟姐妹，全都不幸夭折，父母不能不将万千宠爱都集于她一身。

陆小曼打小体弱多病，可是体弱之人往往冰雪聪明。陆小曼就是这样，十五六岁时，已经精通英、法两国语言，写得一手娟秀小楷，西方的钢琴、东方的戏曲都不在话下，绘画方面也表现出惊人的天赋，一幅课堂上的油画作品被一个外国人看中，付二百法郎买走。至于名媛贵妇应当具有的礼仪风姿、社交场所的各种潜规则她也驾轻就熟。她生来就好似做名媛的，她享受那样的生活，在奢华的氛围里，在倾慕的目光下，衣香鬓影中，裙角飞扬、飞扬……

可就算这样光怪陆离、浮华奢靡的生活，也满足不了陆小曼那颗年轻而易感的心。她在日记里大叹苦经："其实我不羡富贵，也不慕荣华，我只要一个安乐的家庭、如心的伴侣，谁知这一点要求都不能得到，只落得终日里孤单。"

一个美丽的女人在前呼后拥、花团锦簇之中还会哀叹孤单，那便是内心深处的孤单了，也许，只有爱情才能拯救这份孤单了。

于是，爱情来了……

爱情是那位著名的浪漫诗人——徐志摩带来的，这是尽人皆知的。这爱情的来临，既曲折也水到渠成。

徐诗人原是为着和林徽因的恋情，闹了一场轰轰烈烈的离婚，一路追随林美人从伦敦到北京，哪知外表清纯柔弱的林徽因，实在坚强理智，一旦考虑清楚，诗人并不是可以终身依赖、安心嫁做丈夫的人，便转而投入梁家公子梁思成的怀抱。

可怜诗人还不死心，最著名的典故是，他得知梁、林二人相约在图书馆，便刻意守候，硬着脸皮，想插入两人世界。梁思成自然不爽，在门上贴了一张字条"Lover want to be left alone"（情人渴望独处）。诗人脸皮再厚，也不好意思再赖在那里。更何况这对鸳鸯不久干脆双双留学美国，彻底摆脱徐诗人的干扰。

还有什么比爱情受挫，更让一个诗人垂头丧气、心灰意冷的？而能够拯救诗人这种晦暗心境的，除了爱情，还能有什么？

再说另一边的陆小曼，不缺吃、不缺穿、不缺排场、不缺别人追捧，却偏偏缺丈夫的百般呵护与宠爱，有谁知道美人征服不了丈夫的失落和挫败？当两个本不该受挫，却偏偏很受伤的金童玉女相遇，不撞击个电闪雷鸣，似乎也不符合逻辑发展。

"真如同在黑暗里见着了一线光明，垂死的人又透了一口气，生命从此转了一个方向。"陆小曼在徐志摩飞机失事一个月之后，忍痛写下长篇悼文《哭摩》，回忆他们之间痛彻心扉的爱情，"你的明白我，真可算是透彻极了，你好像成天钻进我心房似的"。

像很多女文青一样，陆小曼渴求灵魂知己，她认定徐志摩正是懂自己的真命天子。而徐志摩当时风头正劲，作为当时极富盛名的"新月派"诗人,不知不觉间,成为北平少女界的"大众情人"。传说有富家之女因为对他思恋过度,几乎丢了性命。

我暗自思忖,陆小曼恋上徐志摩,有没有争强好胜的因素?如果诗人没有那么大的名气,不是众多少女的白马王子情人,她还会认定这个男人最懂自己吗?

她曾经陪同外宾观看中国文艺表演,有外宾不客气地批评这是些糟糕的东西。陆小曼也明知道节目确实不够精彩,还是反唇相讥:"这是我们国家的特色节目,你们看不懂而已。"

类似的掌故充满了她的成长过程,骄傲的公主只属于荣耀,不懂得服输,却在丈夫那里备尝忽视和冷落(其实王赓也并非不爱她,只是不懂得表达而已)。那种失落需要补偿,最好的补偿就是找一个更优秀的男子爱上自己,让这样的男人臣服于石榴裙下,低声下气,唯唯诺诺。纵然和这样的男子闹出绯闻,那也是荣耀,不丢人的吧?

徐志摩无疑是最合适的人选了,他才华横溢、帅气多情,又舍得花精力,讨女孩欢心。赢得诗人,就等于赢得了整个北平少女界。

当这对陷在各自痛苦中的璧人,在舞会上相识,四目相对时,徐志摩头顶的那些光环使陆小曼感到,"他那双放射神辉的眼睛照彻了我内心的肺腑"。而诗人轻而易举就被那种如坠云端的轻盈和迷醉击倒,乖乖做了美和情的俘虏。两人相拥而舞,一直舞到了云端,眼睛里再也没有别人,内心里也再没有挫败感。

二、不被祝福的婚姻

如果徐志摩如愿娶了林徽因,他还会爱上轻盈多姿的陆小曼吗?应该还是会的吧,以追逐美和自由为己任的诗人,面对佳人的盈盈秋波,不醉死在里边又有谁相信呢?

一个是有名望的有夫之妇,一个是如大众情人般的名诗人,他们之间的爱情注定是不被祝福的。

凡是早恋而遭到父母强烈反对过的子女,或者粗暴干涉过儿女早恋的父母,都会留下深刻的体验,"哪里有压迫哪里就有反抗",压迫越强烈,反抗就越彻底。

虽然美女与诗人相爱之时,已经是 22 岁的少妇,可本性上还是一个不谙世事的小孩;至于诗人,已经年届 30,也还永远长不大似的。当他们彼此眼中有了对方,一次次舞会、游玩之后,就开始了单独幽会,北平石虎胡同七号——徐志摩组建的新月社,成了他们的幽会之地。在某一个"翡冷翠的一夜"之后,他们两人互订了终身。

私情曝光后,巨大的压力超乎想象。社会舆论口诛笔伐,铺天盖地。陆小曼父母也认为女儿辱没了家风,对不起女婿,主动代女婿严加看管女儿。徐志摩父母更是痛恨那个不良妇人,勾引带坏了自家的好儿子。其实这一点真是冤枉了陆小曼，徐志摩是为林徽因而离婚，离婚后过了两年多，才认识陆小曼。徐家人却把屎盆子扣在陆小曼头上，说起来，应该是他儿子勾引有夫之妇才对。

就在他们走投无路的时候，将徐志摩视为义子的泰戈尔，邀请他去意大利相会，老大哥胡适也劝徐志摩借机出走避避风头。一对恋人相互为着对方的处境考虑，答应了这样的邀请。

压力、别离，还有比这两样更厉害的爱情催化剂吗？两个年轻人越发爱得不可救药，跨越大洋的通信，几乎篇篇充斥"爱和死"，不能爱毋宁死，成为他们的信念。

"我有时真想拉你一同死去。我真的不沾恋这形式的生命，我只求一个同伴""我说出来你不要怕，我有时真想拉你一同死去，去到绝对的死的寂灭里去实现完全的爱，去到普遍的黑暗里去寻求唯一的光明""我恨不得立刻与你死去，因为只有死可以给我们渴望的清静，相互永远地占有……"信件里这些疯狂的字眼见证了他们当时燃烧的激情。

在陆小曼眼里，周围全是"风刀霜剑严相逼"，容不了她和徐志摩纯洁的爱情。她本来身子就弱，急火攻心加上思念过度，晕厥症乘虚来袭，几乎真的被夺去小命。她忍不住了，给徐志摩拍了一封电报："希望两星期飞到，你我做一个最后的永诀。"徐志摩接到电报心急火燎匆忙回国。

情势并没有好转，虽然近在身边了，却依然无缘相见。好不容易在一次舞会上，两人得到共舞一曲的机会。徐志摩在日记里记录下自己的兴奋心情："今晚与你跳的那一个舞，在我最enjoy（享受）不过了，我觉得从没有经验过那样浓艳的趣味——你要知道，你偶尔唤我时，我的心身都化了。"

徐志摩像个小孩子似的特别容易得到满足和快乐，只是和爱人共舞一曲，已经足够他回味无穷："像这样的艳福，世上能有几个人享着，像这样奢侈的光阴，这宇宙间能有几多？"他不像很多男人，最好省略掉谈情说爱的所有环节，径自扑向上床那个主题，他懂得享受爱情，懂得珍惜所爱的女人。

想起这两个热恋中的男女，就会让人想起早些年风靡过的卡通画：一对男女小娃，男娃认真地拽着自己的小短裤，讨好地供好奇的女娃探头探脑做研究之用，换了成人就是流氓，因为纯真却让人莞尔。

陆小曼和徐志摩就是这样一对纯真小娃，纵然也有金童玉女配对，吸引艳羡目光的虚荣心，更多的还是不理凡尘，投入游戏的认真和忘我，不懂得瞻前顾后，完全像两个贪玩的孩子。

有经验的演员都知道，千万不可以跟小孩和狗拼戏，你永远不可能演得过他们，因为他们不懂得表演，要演就来真的。

陆小曼的丈夫王赓苦口婆心也罢，严加管教也罢，终究唤不回妻子的心。这位受过西方教育的男人，到底通达得很，前思后想之后，正式对陆小曼说："如果你认为和我在一起生活，已经没有乐趣可言，只有和徐志摩在一起才能得到幸福的话，我愿意离婚。"

最厉害的对手戏都已经没人肯演，其他大人，自然也无心无力再和两个认真的"小孩"拼戏，拼也拼不过的。

于是，1926年秋天，他们终于赢得了北京北海公园的那场著名婚礼。那场婚礼之所以著名，除了两人的名声和这段情事的背景，更因为证婚人梁启超那一通绝无仅有的证婚词。

他对徐志摩呵斥说："你这个人性情浮躁，所以在学问上没有成就；你这个人用情不专，以致离婚再娶……"他提醒陆小曼："你要认真做人，你要尽妇道之职，你今后不可以妨碍徐志摩的事业……"

正像他事后给儿子、儿媳的信里所说，"徐志摩这个人其实聪明，我爱他不过，此次看他陷于灭顶，还想救他出来"，他要当头棒喝陆小曼，"免得将来把徐志摩累死"。阅历深厚的梁启超，深知这一对"为感情冲动，不能节制"的青年，将来必然会"自投苦恼的罗网"，但他未必知道自己真的会一语成谶。

婚后的神仙眷侣返回了徐志摩的老家浙江硖石。徐志摩的父母虽然以拒绝参加儿子婚礼的姿态，表明对儿子再次选择的不满，但到底是自己的儿子，为他们搭建新房还是颇费了心思，甚至特备两间浴室，安置了冷热水管，这在当时的乡村非常超前。因为陆小曼喜欢光亮，徐志摩特别安排新房装了八十六盏电灯，"新床左右，又不可无点缀也"。

徐志摩对新妇的疼爱藏也藏不住，"身边从此有了一个人——究竟是一件大事情，一个大分别"，"挨着你坐着的是你这一辈子的成绩、归宿。这该你得意，也该你出眼泪"，多情的诗人守着自己的新妇，心满意足。

三、从伉俪到怨偶

陆小曼是新派女人，虽然内心希望讨公婆欢心，却完全不懂请安奉茶、"三从四德"那一套，只知道与徐志摩嘻嘻哈哈，嬉戏玩耍，上个楼梯都撒娇到让徐志摩来抱，吃个苹果也要你一口我一口。

思想老派的老太爷和老太太早就看不顺眼。直到有一次，陆小曼一小口，一小口，扒了几口饭，就娇滴滴，把碗推给徐志摩，让他吃完剩下的饭食。这在今天相好的小夫妻那里，不过是寻常举动，而在当时的老人看来，简直颠倒乾坤。这个不守妇道的女人，不是骑到了儿子头上，为所欲为吗？

是可忍，孰不可忍，老两口愤而离家，去了北平，投奔他们心目中的好儿媳张幼仪去了。那才是标准好媳妇，想当年在徐家时，不管公公再晚回来，她都会衣不解带地等着，直到伺候公公睡下，才去歇息。可惜好儿媳！可恨"狐狸精"陆小曼，只会害了自己的儿子。

父母的离去，让沉浸在爱情中的小两口意识到老人的怨气和不满，两人尴尬地离开硖石，搬往上海，红尘俗世的生活才刚开头。

陆小曼6岁之前是在上海长大的，一嗅到这座城市咸湿的气息，就如同一尾鱼，游进了大海，立刻兴奋、鲜活起来……

每个人都有自己的宿命，有些人生来是为了繁衍后代，有些人是为了辛苦劳作，而有些人注定是为花钱享乐。陆小曼无疑是为享乐而来，灯红酒绿、浮华奢靡的生活，在她看来理所当然。

她和徐志摩在石库门包租了派头十足的三层洋房，养着私人汽车，连家里的用人丫头都衣着入时，宛如一般人家的小姐。郁达夫、王映霞一家和他们住得很近，曾经亲眼看见陆小曼一次就买了五双上等皮鞋，感慨这个出身高贵的富家小姐，出手阔绰，眼里没有钱的概念。据说，当时他们一大家子，每月开销在五六百元，相当于现在的四万到五万元人民币。

徐志摩感觉在硖石老家委屈了陆小曼，回到上海对娇妻更是百依百顺，就算被支使得团团转，也乐在其中。陆小曼身子虚弱，正餐几乎不怎么吃东西，闲暇时零食、水果却从不离口。

翻阅那一时期他们的信笺，有不少文字都在说吃的东西，不少时候还从国内吃到国外。"文伯去了，你有石榴吃了""我让他过长崎时买一筐日本大樱桃给你""也许你想芒果或是想外国白果倒比想老爷更亲热更急""乖,你候着吧,今年总叫你吃着就是"……

有人说上海女人会做"作女",典型的做派是:半夜里忽然捧着心口,喃喃地念叨,想吃汤团,还必须是几里地之外那家指定店铺的。做丈夫的千辛万苦,呼哧呼哧,献宝一样地端到床前,那"作女"却眉头一蹙,摆摆手,轻描淡写地说:"现在不想吃了。"据说被折腾作践的男人,就格外被这样的麻烦所迷醉,欲罢不能。

想来陆小曼是无师自通的 "作女",在上海这样的十里洋场,她每天吃喝玩乐,花钱如水。如果,她还是王赓的太太,又如果,徐家老太爷不断了给儿子的补给,这样的日子维持下来也不成问题。

可怜两个年轻人并没有现成的金山银山,为了赢得美人笑,徐志摩不得不东奔西走,拼命挣钱,他一口气在五所学校兼职,课余赶写诗文赚取稿费。最不屑于计算数字的诗人甚至干起贩卖古董字画、做房地产中介的营生。每月辛苦挣来六百到一千元左右,还是供不上娇妻的挥霍无度。

其实就算没有了钱的烦恼,这对费尽力气修成正果的佳偶,未必就没有了烦恼。陆小曼天生喜欢热闹、爱慕虚荣,着魔一样喜欢戏曲。底子好,人聪明,票起戏来,有模有样,叫好声一片,很快在上海交际圈博得了名声。那年头,专业戏子没有太高的地位,但是有钱有闲的人家,票一手戏却极其风雅。

陆小曼乐在其中,不仅花大价钱捧角,每逢义演,也当仁不让,登台压轴。陆小曼自己听到锣鼓点子就兴奋,就算正生病,也舒坦不少。她逼徐志摩出演《玉堂春》,戏份不重,想要的是分享夫妻同台的乐趣。

在徐志摩那里,这样的演出带给他无穷的苦闷,"我想在冬至节,独自到一个偏僻的教堂里,去听几折圣诞的和歌,但我却穿上臃肿的袍服去舞台串演不自在的'腐'戏"。

发展到后来,诗人几乎为自己丈夫的身份灰心、绝望了:"你真的不知道我曾经怎样渴望和你两人并肩散一次步,或同出去吃一餐饭,或同看一场电影?"这样寻常的要求,陆小曼在婚后几年都没有满足过他。可怜的诗人哀叹:"竟然守不着单个的机会,你没有一天不是 engaged(有约),我们从没有 privacy(私人空间)过。"

徐志摩对陆小曼,怀着塑造新人的心情,觉得她聪明、漂亮,希望婚后发奋图强、健康上进,做个林徽因式的新女性。可是,爱情没有改变陆小曼的天性,她不愿意成为徐志摩所希望的人。

徐志摩本性多情,除了林徽因,凌叔华、韩湘眉这些绯闻女友也没断过。在他去北平的时候,韩湘眉还逼他要回曾经送给他的一只小猫,生怕陆小曼虐待她的小猫似的。敏感的陆小曼焉能不生幽怨之情?

徐志摩到北平后，对林徽因的旧情又有复燃之势，回回在信上描述林美人种种姿态，说林大小姐"风度无改，涡媚犹圆，谈锋尤健，兴致尤豪，且亦能抽烟卷喝啤酒矣"，说她"养了两月，得了三磅，脸倒叫阳光逼黑不少"，还注意到"她已经胖到九十八磅"，关切之情跃然纸上。

徐志摩像个小孩子，不懂得隐瞒，不仅如此，甚至把自己和人逛妓院、拈花惹草之事，也如实禀告。"饭后被拉到胡同。对不住，好太太，我本想不去，但说有他在不妨事。"像这样的和盘托出，算怎么回事？想来是小孩子偷懒而不愿负责的心理。"我是透明的，我把一切都告诉你。"

于是两个小孩子都不懂体谅，相互折磨，陆小曼越发不肯去北平，任凭徐志摩怎样苦口婆心，就是坚守上海，狠着心让诗人空中穿梭。

陆小曼不肯团聚，也许有一重原因，比黄连还苦。她在和王赓离婚前有了身孕，为了不影响与徐志摩的结合，她不顾体弱打掉了孩子，也从此失去了做母亲的可能。这是一个不能说的秘密，连徐志摩也不知道，聚少离多，至少可以成为她没有孩子的理由。

这样的分离，终于酿下了那幕惨剧：诗人在和陆小曼发生剧烈争执后，愤而离家，搭乘了一家邮政航班，飞机在济南附近触山坠毁。诗人走了，"轻轻的，挥一挥衣袖，不带走一片云彩"。他留下的唯一完整的遗物,是陆小曼的一幅山水画卷,他拿去准备请好友题跋,小心地装在铁盒子里,完好无损地留下了——这是多么令人心碎的场景。

诗人去世前一年,可以说生活在心碎当中,完全沦入"穷、窘、枯、干"的境地,有时甚至不能按计划回上海团聚,因为"来回票都卖了垫用"。他在信里反复说:"你如能真心帮助我,应得替我想法子,我反正如果有余钱,也绝不自存。"

穷困潦倒,诗兴枯竭。即便写,也压不住灰暗色调,"阴沉,黑暗,毒蛇似的蜿蜒,生活逼成了一条甬道","头顶不见一线的天光",这首《生活》是他沉闷心境的写照。

也许,他们其实并不相配,都是浪漫的理想主义者,却都缺乏理性。他们闹不明白,爱情去哪了?徐志摩彷徨极了,他说他不知道,"风是在哪一个方向吹",只有在梦里才能感受到"她的温存,我的迷醉",也只有在梦里感受"悲哀里心碎"。

而陆小曼尽管花天酒地,心情也并未好到哪里去,她抱怨说:"志摩对我不但没有过去那么好,而且干预我的生活,叫我不要打牌,不要抽鸦片,管头管脚,我过不了这样拘束的生活。"

一个委屈,一个苦闷,爱情似乎到了尽头。细细分析,一向顺风顺水的大小姐,一个浪漫至极的诗人,内心深处,有着自虐、受苦的潜意识也未可知,和生活为难,跟自己作对,这对男女就这样相互折磨,自我折磨,互为冤家。

这样的折磨随着一声巨响,在烈焰和坠落中化为一团灰烬,行将消逝的爱情也因此得以保鲜,静止在最凄美的画面。

四、摘花人与护花人

看到花美,举手摘下来,那是喜欢;看到花美,提壶为它浇灌,那是爱。陆小曼,这朵娇艳的花朵,几人喜欢几人爱呢?

为了挣更多的钱,也为了眼不见心静吧,徐志摩应胡适之邀前往北平任教。上海的陆小曼兀自沉迷于演戏,还通过演戏结识了富二代翁瑞午,这才是陆小曼的同类人。他天生为享乐而来,他家里有的是钱,最擅长的就是玩,绘画、昆曲、文学,样样喜好,也同样喜热闹,广交友。陆小曼和他很投机,几乎天天待在一起听戏、演戏,倒要比跟徐志摩相处的时间还多。

有一次,陆小曼经不起唱戏的疲劳,晕厥症旧病复发。翁瑞午主动献上自己的推拿绝技,一试之下,美人果然通体舒泰,从此就离不开这按摩推拿。为减少病痛的折磨,翁瑞午还劝陆小曼抽几口鸦片,把她拉上了瘾君子之路,后来她干脆搬到了徐家,整日昏天黑地地共卧烟榻吸食鸦片。(也有一说是陆母为减轻陆小曼病痛劝她吸食的。)

张幼仪在《小脚与西服》里提到徐家老太太向她转述的一幕:“我发现他们三人全都蜷在烟榻上,翁先生和小曼躺得横七竖八,徐志摩卧在陆小曼另一边,地方小得差点摔到榻下面。”

当年王赓放心地把自己的女人交给徐志摩，让他代替自己陪同游玩，现在徐志摩又放心地把争来的女人，交给翁瑞午推拿、抽烟。

当初黄色小报对徐志摩及其夫人一直不吝笔墨，1927年12月17日的《福尔摩斯报》就曾发表平襟亚的一篇题为《伍大姐按摩得腻友》的艳文，"大姐只穿一身蝉翼轻纱的衫裤，乳峰高耸，小腹微隆，姿态十分动人。祥甲揎袖捋臂，徐徐地替大姐按摩。祥甲哪里肯舍，推心置腹，渐渐及于至善之地，放出生平绝技来。在那浅草公园之旁，轻摇、侧拍、缓拿、徐锤，直至大姐一缕芳魂，幽幽出舍……"这气得徐志摩、翁瑞午等人向法院起诉，岂知平襟亚早有防备，提前让人检举此文，处罚金30元。因为按当时规定，一事不再罚，一案不再审，此案未得获审。

也许是陆小曼一派天真，让男人无法怀疑她的单纯？陆小曼确实没心没肺，她不体谅徐志摩养家的辛苦，也不顾忌因为和翁瑞午的关系，给徐志摩带来的舆论压力，只是一味地肆意享乐。对于徐志摩还渐生了失望之情，"幻想泯灭了，热情没有了，生活变成了白开水，淡而无味"，"夫妻间没有真爱，倒是朋友的爱较能持久"。

陆小曼和翁瑞午维持了一生的朋友关系。这个男人的确是爱陆小曼的，想尽办法换得美人笑。妻子陈明榴手巧，会做很多好吃的，他都献宝一样地送给小曼；花大价钱为小曼买紫罗兰骆驼毛大衣，女儿艳羡之极，找陆小曼借去穿过一次；下雪天，还会捧大捧的雪进屋，去掉上下脏的部分，只将中间干净的放壶里煮水泡茶。徐志摩出国经济困难，他也曾拿了好几件家传古董给他带着，以备不时之需，他还特意为徐志摩定做了一件衬衫，徐志摩出国以后发胖，衬衫领子太紧，一次也没穿成。

徐志摩去世后，前夫王赓希望与陆小曼复合；大哥胡适也说只要他离开翁瑞午，愿意照顾她的生活；宋氏家族的宋子安也追求过她。而她的选择依然是陆小曼式的——选择与翁瑞午同居。

起初是陆小曼不肯结婚，规定翁瑞午不准抛弃自己旧式的老婆，还抚养了翁瑞午和一个女学生的私生子。陈明榴去世之后，两人想结婚，子女又不同意了。看过两人后期的照片，翁瑞午依然风流倜傥，陆小曼却已面带慈祥，宛如两代人了。

和王赓的婚姻是背靠背的，相互没有走入对方的心灵；和徐志摩的爱情是面对面的，彼此牵制，空间狭仄；和翁瑞午的同居是肩并肩式的，"在最无助和软弱时候，有他（她）托起你的下巴，扳直你的脊梁，令你坚强，并陪伴你左右，共同承受命运。那时候，你们之间除了爱，还有肝胆相照的义气，不离不弃的默契，以及铭心刻骨的恩情"，这也许正是陆、翁一生感情的写照。

大师胡适和陆小曼也曾经发生过交集，那是在徐、陆之恋引起轩然大波，徐志摩远赴欧洲期间上演的插曲。用陆小曼后来写信的话来说，"当初本是你一人的大力成全我们的，我们对你的深情永不忘"。徐志摩在北京教书期间就住在胡适家里,胡适待他犹如兄弟。

徐志摩离开,曹诚英也已疏淡,两个相互欣赏的孤单的人难免渐生情愫。

1925年5月3日,大师曾将歌德的诗书写送给陆小曼,"要是天公换了卿和我,该把这糊涂世界一齐打破,再锻再炼再调和,好依着你我的安排,把世界重新改造过!"

陆小曼亦报之以李:"我就用这封信代替我本人,因为我的人不能到你身边来。""真希望我能这就去看你,真可惜我不可能去看你。我真真很不开心。""你觉得如果我去看你的时候,她(胡适太太江冬秀)刚好在家会有问题吗?请让我知道。"

读这样的信,会觉得两人之间无暧昧吗?更何况,陆小曼还特意用英文写,字体写得又大又粗,像个男人。自然为着避开江冬秀。

未必有多激烈,但暗流涌动是一定的。后期在处理徐志摩八宝箱事件上,胡适的处理方式却不够公平,对陆小曼不够情义。

徐志摩1925年去欧洲之前,将一只箱子交给凌叔华保管,箱子里有陆小曼的两本日记、徐志摩的两本康桥日记和写于意大利的一本日记。徐志摩飞机失事之后,林徽因想取回那两本康桥日记,找到凌叔华,碰了钉子,"箱子是志摩的遗物,只有徐太太有权保管"。林徽因便找胡适帮忙,胡适以编辑委员会的名义写信,凌叔华只好交出箱子并附信要求交与陆小曼。结果胡适在 1931 年 11 月 28 日,也就是徐志摩去世后的第九天,将箱子交给了林徽因。

不管日后事情走向如何,胡适的偏心显而易见。陆小曼曾写信给胡适,"我还有时恨你能爱我而不能原谅我的苦衷……等你来了可否让我细细地表一表? 因为我以后在最寂寞的岁月愿有一二人能稍微给我些精神上的安慰"。胡适要求小曼戒除嗜好,远离翁瑞午,去南京由他安排新生活,陆小曼没有接受。胡适也终究没有能给陆小曼精神上的安慰,两人渐行渐远,彻底没有了任何关系。

徐志摩遇难后,陆小曼无法原谅自己的顽劣、不懂事,就在诗人临死前,她还将烟灯、烟枪扔向他,砸落了他的眼镜,让他负气出走,走上了一条不归路。她责备自己从来没有为他理过行装,没有注意过他衣衫日益破旧,为满足她喜好千里万里寄来的食物,她没有珍惜过,蘸着心血写来的信件,有时还没仔细看上两眼就扔在了一边——总以为丈夫是自己的,一直会好端端放在那里任自己支使。

当上帝收回了给她的特权,陆小曼开始成长,她擦干眼泪,立志要成为徐志摩希望她成为的那种人。她从此素服裹身,再没有现身热闹的社交场合,每日在徐志摩的照片前供奉鲜花。她开始拜贺天健、陈半丁为师学画,从汪星伯学诗,着手整理徐志摩文集,后来还戒了鸦片,全力做个新人。

62岁那年的春天,陆小曼撒手西去,死的时候,憔悴干枯,只有一个表妹陪伴在身边。

这样一个女人,前夫王赓将她交给徐志摩时不忘说上一句:"你如三心两意亏待了她,我不会轻易放过你。"这样一个女人,让和她相伴了三十多年的翁瑞午,临终前拉住朋友的手嘱托:"我要走了,今后多多照顾小曼,我在九泉之下也会感激不尽的。"这样一个女人,因为公婆的阻拦,没能出席爱人的葬礼,在她死后,也不被允许和爱人同葬,但是那个爱她的人,临死前保护最完整的是她的一幅画作。

她就是这样一个被推向幸福和不幸两极的女人。

林徽因:你是人间四月天

一、林徽因的"群发"事件

柴静出书那阵子,老六、冯唐、岩松、小崔等一干中年男精英悉数站台捧场。远在香港的闾丘露薇隔空喊话,质疑柴美女的职业素养,一时引起文化界不小的波澜。有人翻出陈年往事,为两人代号"柴徽因""闾丘冰心"。今昔对比,不禁莞尔。后来又衍生出"伊小曼""木白露",一直到排出十大"徽因"排行,就难免有点走形搞笑。

谈及民国女文青,在当时乃至现在的绝大多数男文人心目中,一号女神应该非林徽因莫属吧。所以也有女作家曾经放出话来:"喜欢林徽因的女人,品行有问题;喜欢林徽因的男人,脑子有问题。"不知道这是不是另一种谢冰心式的表达。不过,时隔多年之后,还是这位女作家,又写了一篇文章来说林美人,已经不复当年的促狭和刻薄,而是充满理解,握手言和。林徽因没变,是长大成熟的她,打量昔日女神的心境与目光变了。

说林徽因品行有问题,多半会拿出这么个桥段:诗人徐志摩收到一封来自大洋彼岸的电报,倾诉自己的孤单苦闷,说只有他的来电,才能让自己感到安慰。大诗人欣喜若狂,一颗心猫抓似的。第二天一早,就冲到邮局,要把自己熬夜写下的情意绵绵,速速发给远方的美人。

经办人一看内容,面露惊愕:"今天在你之前,已经有四人给这位密斯林发去电报了。"诗人抢过名单,全是熟人,遂一一对质,原来人人收到了同样的来信。

林徽因极有可能同时复制好几封信。但我们不妨看看这段场景描述:"我独自坐在一间顶大的书房里看雨,那是英国的不断的雨。我爸爸到瑞士国联开会去,我能在楼上嗅到顶下层厨房里炸牛腰子同洋咸肉。到晚上又是在顶大的饭厅里(点着一盏顶暗的灯)独自坐着(垂着两条不着地的腿同刚刚垂肩的发辫),一个人吃饭,一面咬着手指头哭——闷到实在不能不哭!"这是林徽因抗战期间写给沈从文的一封信,回忆了自己十六七岁,随父亲在欧洲生活时的一个片断。

我想就在这样的情境下,这个孤独的女孩子,写写信发发电报,说希望有人能叩门进来围炉座谈,说希望有个人来爱,就算同时发给几个蓝颜,也不算是太大问题吧。不就相当于现在的娇俏女子嘟着可爱的小嘴,卖萌、撒娇、自拍,最后在微信朋友圈里来了个群发。有什么大逆不道吗?这可以和品行不端、作风不正扯上关系吗?

多少年过去了,林徽因还会被一些锐利女子"慧眼"看穿,"像在驴子额前吊一根胡萝卜,看得见,吃不着,放不下,把对方弄得神魂颠倒,她还可以睁大眼睛装无辜"。不管是不是存了这样的心思,吊得了一时,难吊一世,林徽因朋友圈的友情可几乎维系了一生啊!

话说回来,不要不承认,有哪个女人不希望男人对自己心生爱意甚至暧昧,还真未必要发生什么?只是如果男人看你的目光毫无性别之分,难道内心深处没有一丝失落和悲凉?

乔叟的《坎特伯雷故事集》有这么一个故事:一位武士犯了重罪,由王后处理,王后让他回答一个问题,答对了,就不砍他的头。问题是:"什么是女人最大的心愿?"结果,那个武士给出了答案——"有人爱她!"经过所有贵妇人的讨论,一致认为他说出了心声,武士因此保住了头颅。

如果说女人如花,招蜂引蝶,就是花的天性。希望有人爱——是女人共同的心愿,希望有很多人爱——是不是女人共同的心愿呢?

还是回到胡萝卜比方,希望你想吃,却又不让你吃到,最后转化为有那么一点点暧昧做底色的友情,这是理想的男女相处之道啊。

二、林徽因的朋友圈:太太的客厅

《我们太太的客厅》是冰心 1933 年发表在《大公报》上的一篇小说,好事者将林徽因、梁思成、徐志摩、金岳霖一一对号入座。

和钱锺书的《猫》一样,文中的"我们太太"是一个被男人环绕、爱出风头、工于心计的女人。可以说,对她身边的男人,"我们太太""好像变戏法的人,有本领或抛或接,两只手同时分顾到七八只在空中的碟子"。

这篇小说发表时, 林徽因正在山西考察古建筑。回来看到后, 淡然一笑 (被人嫉妒就已经先有了居高临下的气势和资本),让人给冰心送去一坛子山西老醋。一个太极推手,看似柔软缓慢,却只一个回合,就见了高低输赢。

后来,作者出面澄清,"我们太太"真正的原型是陆小曼,真是笨拙的一笔。嫉妒会让聪明人也变愚蠢,看来是没错的。五十多年以后,读这篇旧文,还能嗅到一股醋意"力透纸背"。

有人爱、有人喜欢、有人欣赏、有人倾倒,当然,也有人嫉妒、有人仇恨、有人讥讽、有人写文章含沙射影。这才是真实的人生、真实的生活。

话说"太太的客厅",那曾经名噪一时的风雅去处。一些精英名流"每逢清闲的下午，想见见朋友，便不假思索地拿起帽子和手杖，走路或坐车，把自己送到我们太太的客厅"来。

客厅位于北京总布胡同三号，是一套两进四合院，大大小小四十多间房。院子里栽着不少树，里院和外院隔着垂花门。客厅的窗棂纸换成了透明的玻璃，阳光洒满一地，墙上一副对联——"清水出芙蓉，天然去雕饰"，出自林徽因的公公梁启超的手书。

"太太的客厅"鼎盛在 1932 年到 1937 年，正是林徽因 30岁上下，最丰盈美好的时候。她在美国的好友、学者费正清这样描述当时的她："质量上好、做工精细的旗袍穿在她均匀高挑的身上，别有一番韵味，东方美的娴雅、端庄、轻巧、魔力全在里头了。"他还说："在这个家，或者她所在的任何场合，所有在场的人总是全都围绕着她转。"

让一两个男人围着转不难，让一群不太出色的男人围着转也不算太难，可是围着她转的都是些什么样的男人啊？看看林美人的朋友圈名录吧：我们所熟知的徐志摩、沈从文、萧乾，还有也许不特别出名，但在各自领域都堪称泰斗级的人物，如哲学家金岳霖，政治家张奚若、钱端升，经济学家陈岱孙，社会学家陶孟……

梁思成的续弦林洙，同样折服于林徽因的魅力。她提到初见林徽因的情形，"一个人瘦到那样，很难说是美人，但是即使到现在我仍旧认为，她是我一生中所见识过最有风度的女子"，

"当你和她接触时,实体的林徽因便消失了,而感受到的则是她带给你的美和强大的生命力"。要知道,那是1948年,林徽因已经48岁,而且重病在身,却依然让林洙感到"她是那么吸引我,我几乎像恋人似的对她着迷"。

连冰心这样的女人,虽然写下《太太的客厅》那样的文章,却也承认"林徽因俏,陆小曼不俏"。这两位加上凌叔华、韩湘眉,曾被称作文界"四大美人"。说实话,除了林徽因,其他三位只能算是才女里的美女,而林徽因,实在是美女里的美女、才女里的才女。

凌叔华晚年不无醋意地说到林徽因:"可惜因为人长得漂亮又能说话,被男朋友们给宠得很难再进步。"她指哪方面没进步呢? 要论林徽因的才华和成就,同一时期的女性恐怕很难有人可以望其项背。

林徽因像一颗钻石,每一面都熠熠生辉,闪烁着耀眼的光芒。说到写作,各花入各眼,沈从文、萧乾、朱自清都很推崇她,她所呈现的气度和视野,还真是同期知名女作家不能比拟的;说到演戏,1924年春天,泰戈尔来华访问时,一帮名人排演了一出英文话剧《奇特拉》,她就饰演女主角奇特拉,而陆小曼当时的职责是发售演出说明书;说到设计,她曾经小试牛刀,设计舞台背景,好评如潮,赞声一片。新中国成立以后,她参与设计的国徽和天安门人民英雄纪念碑方案获得通过。当然,林徽因自己只是把文学写作、舞美设计等看作业余爱好,票一把。

林徽因喜欢被人众星捧月不假,喜欢争强好胜也不假,她像乔治·桑、伍尔夫、曼殊菲尔德一样兴致盎然地经营着自己的沙龙,也像她们一样是大格局的女人,外表娇俏,内心却强大而独立,绝对的"林爷儿"。男女小情小爱,还真占不了她的主要注意力。

因为是美女,大家会不由得分散注意力在她的美貌和情感探秘上。实际上,作为中国第一个女建筑学家,她和梁思成用现代科学方法研究中国古代建筑,作为开拓者,在这个领域获得巨大的学术成就。

因为热爱,林徽因超乎一般人的想象,不止一次外出考察。那时候长途跋涉要远比现在找苦吃的"驴友"辛苦得多。"下午五时暴雨骤至,所乘之马颠蹶频仍,乃下马步行,不到五分钟,身无寸缕之干。如是约行三里,得小庙暂避。""终日奔波,仅得馒头三枚(人各一),晚间又为臭虫蚊虫所攻,不能安枕尤为痛苦。"这是当时长途跋涉的林徽因留下的日记。更不用说还有爬上爬下,面临建筑坍塌和雷电袭击的风险。就是在这样的建筑苦旅中,梁思成、林徽因夫妻发现了建于唐朝大中十一年的五台山佛光寺,也就是中国现存最早的木结构建筑。在他们结婚二十周年家庭聚会上,林徽因招待茶点之余,用来庆祝的一个重头节目是做了一个关于宋代都城的建筑学术报告。

据萧乾回忆说,林徽因说起话来又快又多,密不透风,别人简直插不上嘴。一般来讲,一个多嘴快舌的女人,很难给别人留下好印象,尤其在爱情上,你看琼瑶小说里,最后的赢家几乎都是文静、寡言的"她"。那林美人怎么形成那么强大的磁场呢?

想起一个词"文质彬彬",林徽因就是一个"文质彬彬的女君子"。她纵然讲个不停,可是她"言之有物",而且"言之有态",让那些来客不但养眼同时还兼养心、养脑。萧乾的夫人文洁若有过相同意思但畅快淋漓的概括:"她的美在于神韵——天生丽质和超人的才智与后天良好高深的教育相得益彰。"

她这一时期的留影里,不管靠在沙发里,还是趴在书桌前,她的眼神都凝望着斜上方,不知有意还是无意,这样的肢体语言,表达着憧憬和向往。才华与美貌并重,成熟与纯真同在,如此丽人,怎么可能不让人心疼、心爱、心向往之?

柔弱娇俏的东方外表下包裹着平等独立的人格和卓越的学识才华,她并非攀缘的凌霄花,而是以一棵树的形象与那些出色的男人并肩站在一起。对于接触过西方沙龙文化的徐志摩们,这样的秀外慧中,该有着怎样的诱惑力,应该可想而知。这也是林美人的朋友圈有品质、黏度高的真正原因吧。

三、初恋情人徐志摩:天空的蔚蓝爱上大地的碧绿

说起林徽因,人们最喜欢津津乐道她生命里出现过三个最

重要的男人：徐志摩、梁思成和金岳霖。在我看来，徐是她的初恋，她心底的情人；梁是她合适的伴侣，现实的选择；而金是她的闺密，一生的蓝颜知己。

1920年，16岁的林徽因随父亲林长民在英国定居一年，恰巧徐志摩也来到伦敦。诗人和父亲一见如故，两人甚至玩过互传情书的游戏，林长民扮演有室男子苣冬，徐志摩扮作已嫁少妇仲昭。在林长民去世后，徐志摩曾经公开一封苣冬致仲昭的信，还称赞说，"至少比他手订的中华民国大宪法有趣味有意义甚至有价值得多"。

林长民和徐志摩互为知己，而林长民与女儿相互间也引为知音。借用数学公式，因为 A=B，B=C，所以 A=C，林徽因与徐志摩相见甚欢，有着较多的共同语言也是顺理成章的事。

"如果有一天我获得了你的爱，那么我飘零的生命就有了归宿，只有爱才能让我匆匆行进的脚步停下，让我在你的身边停留一小会儿吧，你知道忧伤正像锯子锯着我的灵魂……"诗人激情洋溢，写下一首首这样的情诗。

少女的心弦被拨动了，据说她回了一封信。"我不是那种滥用感情的女子，你若真的能够爱我，就不能给我一个尴尬的位置，你必须在我与张幼仪之间做出选择。你不能对两个女人都不负责任……"

当时的徐志摩，24岁，两个孩子的父亲，第三个孩子，正怀在妻子张幼仪的腹中。他在最初看到张幼仪照片时，就不屑地说了三个字"土包子"。后来张幼仪随他一起在英国生活，评价他的一个女同学说，"西装和小脚不般配"。他重复强调，"西装和小脚是不般配"，另有一番深意令人齿寒。

冰火两重天，说的是诗人的感情。他对林徽因有多么热情似火，对张幼仪就有多么冷酷无情，接到林徽因的信，为方便离婚，他甚至逼妻打胎。在张幼仪产后不久，又逼迫她在离婚协议书上签字，因此成为中国离婚第一人。

爱情令人疯魔，写诗的人就更添几分疯魔，一心追求爱、自由和美的诗人简直疯狂了。可是，现实粉碎了他的梦想，命运对他，正如同他对张幼仪一样无情和冷漠！

林徽因和父亲早诗人一年回国，一旦回到传统的现实社会，那曾经发生过的爱情故事仿佛也变得不真实。家族中的人一致反对，怎么能容忍林徽因插足别人的家庭？怎么能容忍这样的名节受污？林徽因回到了现实。

在那么短的时间里，林徽因为什么毅然舍徐而选梁？或许这和她的童年际遇分不开。从林徽因早年的一张照片可以看到：清秀的脸庞还没退尽婴儿肥，眼神里就已经含着忧郁了。她的朋友费慰梅曾经说："家中的亲戚把她当成一个成人，而因此骗走了她的童年。"的确，她几乎没有别人那样天真烂漫的童年。

她的母亲何雪媛，是林长民的第二任妻子。林长民的第一任夫人病逝,没有留下子嗣。何雪媛运气也不好,到林家八年之后,才生了林徽因,之后又生了一儿一女,都不幸夭折。到第十年,林长民娶一妾,名叫程桂林,乖巧可人,还生下四个儿子一个女儿,完全夺去林长民的欢心。

人家热热和和一家子,住在宽敞明亮的前院,林徽因母女却被安置在逼仄阴暗的后院。这也不能全怪林长民喜新厌旧,何雪媛出生在浙江嘉兴小业主家庭,打小娇生惯养,不会女红,也不识字,脾气又暴躁,还爱管闲事,全家上下没有几个人喜欢她。

父亲一直是宠爱林徽因的,可是在大家庭里长大的她,作为长女——失宠的太太诞下的女儿,对人情世故,到底有着比一般人更深刻的体验。

她终究不忍心别人因她而像自己母亲那般被遗弃吧?1947年病危时,她以为自己不行了,特地央人请来张幼仪母子。她虚弱到不能说话,却依然仔细打量了眼前人。这样的举动真是耐人寻味。

林美人小时候所接触的几位女性形象:性格有缺陷而又无能的母亲、靠女人姿态依附男人生存的二娘、安身于深宅大院里的大家闺秀姑母,都不是林徽因心目中的典范。

读书、游历、思考,逐渐让她明确了自己的人生道路。1926年,林徽因在美国读书期间,《蒙塔那报》曾经刊登一篇专门写她的文章,标题就是《中国姑娘将自己献身于拯救她的祖国的艺术》。艺术指的就是建筑学，22 岁的林徽因已经明确了自己的人生方向。

林徽因的儿女事后不肯承认母亲与诗人的情感来电，但更多的事实倾向于那过往的存在。林徽因自己不否认与徐志摩有一种灵性上的和谐与共鸣，也不隐瞒对他的真实情感，"他变成一种 Stimulant（兴奋剂）在我生命中，或恨，或怨，或 Happy（高兴）或 Sorry（遗憾），或难过，或苦痛，我也不悔的"。

情感起了头，徐志摩疯魔了，林徽因却冷静了。那封要求离婚的信，有没有试一试自己魅力的少女心思呢？也许她自己都说不清楚。可是关键时刻，她清楚谁才是真正适合陪她一生的伴侣。

在徐志摩飞机失事之后，她发表悼文寄托哀思，更让梁思成捡来一块飞机残骸悬挂在卧室，一直到死。

徐志摩去世四年祭日，林徽因含泪写下《别丢掉》寄托哀思。"你仍要保持着那真，一样是月明，一样是隔山灯火。满天的星，只有人不见，梦似的挂起。你问那黑夜要回，那句话——你仍得相信：山谷中留着，有那回音。"

她跟闺中密友费慰梅、蓝颜知己金岳霖都有一个常常谈起的话题，那就是徐志摩，这个名字——就是她心头的朱砂痣啊！

林徽因到底是一个拎得清的女子，就在她的悼念文字里，她依然说，"他如果活着恐怕我待他仍不能改变"，"也就是我爱我现在的家在一切之上的确证"。

> 天空的蔚蓝，
>
> 爱上了大地的碧绿，
>
> 他们之间的微风叹了声"唉！"

泰戈尔为他们，有感而发。

四、蓝颜知己金岳霖：家人般的爱

金岳霖是另外一段传奇。

1931年，林徽因因病在北平休养。当时梁思成还在东北大学执教，徐志摩经常去探望林徽因，为了避嫌，就叫上国外留学时的好友金岳霖等人。这位很有名望的哲学家和逻辑学家，对于才貌双全的绝代佳人，同样没有免疫力。

金岳霖到底是哲学家，他的爱比诗人来得节制。他是单身汉，在徐志摩去世时，就住在梁家的后院。当时最多的话题就是徐志摩，对诗人共同的思念和哀悼，加深了他们之间的感情。

那时林徽因正怀着身孕，梁思成经常外出考察，老金必定对她悉心照顾，好言相劝。林徽因对他萌生了一种感情，这种感情与其说是男女相悦，还不如说，是理解的需要和精神上的渴求。

于是,当梁思成考察回来,林徽因哭丧着脸,对梁思成说,她苦恼极了,因为自己同时爱上了两个人,不知如何是好。大约是对丈夫彻底的信任和依赖,林徽因这次的做法并不像她本人的一贯做派。梁思成自然矛盾痛苦至极,苦思一夜,终于告诉妻子:她是自由的,如果她选择金岳霖,祝他们永远幸福。

林徽因又原原本本把一切告诉了金岳霖。金岳霖的回答更是率直坦诚得令人惊异:"看来思成是真正爱你的。我不能去伤害一个真正爱你的人。我应该退出。"

这一场风波没有影响到他们之间的友情,林徽因身上诗人的气质,让她渴望极端的感情,可是本性善良,加上清醒的理智,让她不可能做出伤害梁思成的事情,也不可能玩弄纯洁的感情。梁思成更是坦荡君子,相信妻子和朋友,因此表现出难得的气量和风度。而金岳霖没有辜负这种信任,他发乎情止乎礼,终身未娶,爱着林徽因,也爱着林徽因的全家,他后来几乎一直和梁家住在一起。

抗日战争期间,他们曾经一度离散。金岳霖说:"我离开梁家就像丢了魂一样。"以后他们几乎没再分开过。而后来的林徽因在病魔的蹂躏下,经常不得不卧病在床,已经不复是当年那个风华绝代的女子。金岳霖依然每天下午三点半,雷打不动,出现在林徽因的病榻前,或者端上一杯热茶,或者送去一块蛋糕,或者念上一段文字,然后带两个孩子去玩耍。

　　据说，金岳霖也曾经有过类似相亲、结婚的想法，种种因缘和合，最终依然孤身一人，他对林美人也一直情深义重。相传林徽因死后一年，他在北京饭店宴请朋友，并不说明请吃饭的缘由。大家去了之后金老才说今天是林徽因的生日，请大家来吃饭，是为了纪念她。

　　金先生 86 岁时，《林徽因传》的作者请他给林徽因写一段话，金老思索良久没有下笔。他说："我所有的话都应该同她自己说，我没有机会同她自己说的话，我不愿说，也不愿意有这种话。"

　　他和梁思成一家一直相处融洽。临死前，他还和林徽因、梁思成的儿子梁从诫生活在一起，他们称他"金爸"，对他行尊父之礼。而他去世后，也和林徽因葬在同一处公墓，像生前一样做近邻。

　　这就是那个时代的君子、那个时代的爱情。这样的爱情让人相信，玛格丽特那个著名小说开端的经典桥段，在林徽因那里，成为现实。

五、亲密爱人梁思成：琴瑟相谐

　　林徽因对学业的选择也显示出典型的林氏风格。她虽然热爱艺术，却选择了需要艺术底蕴，同时更加实用的建筑学。她天性浪漫，后天经历却教会她，关键性选择必须有坚强的理性做支撑。

选择夫婿，同样表现出她的聪明和冷静。决定舍弃浪漫不靠谱的诗人，选择各方面都堪称优秀的梁思成。梁思成——梁启超的大公子，岂是等闲之辈？他受林徽因影响，也决定学建筑学。夫妻俩不管顺境逆境，一辈子相互扶持，相互关爱，共同创业，成就了一段好姻缘，这一切都让林徽因为自己的选择欣慰。

民国时期文人中流行着一句俏皮话："文章是自己的好，老婆是人家的好。"梁思成的说法却是："文章是老婆的好，老婆是自己的好。"别说梁思成自己引以为豪，一起在美国留学的同学也说："思成能赢得她的芳心，连我们这些同学都为之自豪，要知道她的慕求者之多犹如过江之鲫，竞争可谓激烈异常。"

林徽因知道自己的美，也懂得享受自己的美。据说，20世纪30年代初期，在北京香山养病期间，有了闲暇，她一卷书，一炷香，一袭白色睡袍，沐浴着溶溶月色，很小资、很自恋地对梁思成感慨：看到她这个样子，"任何一个男人进来都会晕倒"。憨厚的丈夫却说："我就没有晕倒。"这话怎么听着都像醉酒的人在说："我没醉、我没醉。"

可是再美的女人嫁做人妇，就得过寻常日子。林徽因曾经给沈从文写信说："我是女人，当然立刻变成纯净的糟糠。"林徽因专注于事业，不喜欢别人拿家务活干扰她，浪费有限的时间。可是不喜欢归不喜欢，真做起来也漂亮得无可挑剔。

　　她在梁家是长嫂，在林家是长姐，常有亲戚来往，单单安排好来客的吃喝拉撒睡就不容易。据说她画过一张床铺图，共计安排了十七张床铺，每张床铺标明谁要来睡。拿专业精神做家务事，家务自然也同她的专业一样优秀。

　　林徽因心高气傲，不愿意和一般人多说话，认为无谓的废话是浪费时间和精力。不说话不等于不愿意帮助人：沈从文一度经济拮据，林徽因有意接济，又怕他不肯接受，就让表弟林宣向沈从文借书，还书时悄悄夹进一些票子；后来她拿自家的钱资助来北京求学的同乡林洙，也善意欺骗，"是营造学社的钱借给你用"。可见林徽因的善解人意不只体现在"太太的客厅"啊！

　　梁思成、林徽因的婚姻生活很有情趣，除了专注于事业。闲暇时，夫妇俩比记忆，互相考测，哪座雕塑原处何处石窟、哪行诗句出自谁之诗集，家庭文化氛围之甜美，疑似李清照、赵明诚重返人间。

　　其实这一对夫妻间也不是不吵架。林徽因心直口快，好使性子。好在梁思成善于隐忍，被亲戚称作"烟囱"，但是烟囱偶尔也会堵塞。两人都好面子，如果碰到用人在旁边，就改用英语交锋。

　　在他们新婚之时，梁启超曾经写信嘱托："你们俩从前都有小孩子脾气，爱吵嘴，现在完全成人了，希望全变成大人样子，处处互相体贴，造成终身和睦安乐的基础。"这是一番慈爱之心，也是出于对儿子、儿媳秉性的了解。

钱锺书在小说《猫》里有一段情节，说女主人的丈夫在妻子男朋友们的"提醒下"，与一个姿色普通、言行拘谨的女学生乘火车出行，疑似婚外情。有人说这里影射的是梁思成。

事实上，林徽因、梁思成夫妻的确发生过一次激烈争吵，事后梁思成乘火车去上海出差。林徽因痛哭了二十四个小时，中间只睡了三四个小时。而梁思成在火车上连发了两封电报和一封信，两人终于重归于好。

当时沈从文恰恰正高调爱慕高青子，跟张兆和闹得很不愉快，写信向他的教母林徽因诉苦、讨教。刚刚痛哭了二十四个小时的林徽因，说起来特别有感触。"在夫妇之间为着相爱纠纷自然痛苦，不过那种痛苦也是夹着极端丰富的幸福在内的"，她认为夫妻争吵，是因为彼此在乎，"冷漠不关心的夫妇结合才是真正的悲剧"。

林徽因虽然浪漫，骨子里却是冷静而清醒的。她能够理智地面对婚姻，就如同她理性地面对爱情。

钱锺书当时与他们毗邻，是不是以他的所见和想象，将一些素材糅入小说？梁思成有没有过出轨？而林徽因内心深处对徐志摩、金岳霖究竟是什么感觉？我们很难考证，每个感兴趣的人都会有自己的解读。

其实，林徽因和梁思成就像齿轴和齿帽，经过旋转、磨合，很合适地咬啮在一起，相互成全为更有用的一个整体。

　　他们情深意笃，得益于一个第三者——他们共同的事业，双方深情的目光除了相互凝视，更多时候，是在注视同一个方向。在事业上，他们有太多心血结晶，有太多的过程和回忆。

　　平面三角形最稳定是公理，感情上也存在几种三角形。有的夫妻独自，甚至各自向外去找一个角；也有的独自或者各自以事业为重，或痴迷于某项爱好；还有的夫妻会像梁、林伉俪，共同关注于某项事业或有着共同的兴趣。

　　第一种也许稳定一时，却存在着大动荡的隐患；第二种日子久了，非生物的第三者有被生物的第三者取代的可能，本来是爱好摄影，后来可能连带爱上同样爱好摄影的人；最稳定的可能是第三种，即便激情转化为亲情，共同的事业和爱好却像清新的风，让夫妻间依然呼吸得到新鲜的空气。

　　林徽因周身弥漫的艺术气息，帮助她成就所钟情的专业。她提出过一个独到概念"建筑意"，认为建筑是有意蕴和风情的，可以和诗情画意相并列。这在当时真是别开生面，也是真正热爱且有灵性者才会有如此感悟。

　　梁思成的建树，如果没有林徽因的奉献完全不可想象。他坦然承认："我不能不感谢徽因，她以伟大的自我牺牲来支持我。"这不是一般的客气话，就像卞之琳在《窗子内外：忆林徽因》一文里所说，林徽因"实际上却是他（梁思成）灵感的源泉"。

　　林徽因在认定梁思成的时候就已经意识到，这个男人身上拥有自己所欠缺的一些品质，而这些品质刚好可以和她互相完善，彼此成就。林徽因不乏浪漫和灵感，却缺乏耐心和坚持；而梁思成一旦认可了她的思路，就会不厌其烦地把事情做完，而且做得一丝不苟，堪称完美。

在中国现代建筑学史上，素来以梁、林并称，梁思成就像稳定的五线谱，林徽因就像跳动的音符，共同谱就动听的乐章。

俞珊：夕阳把你的影子，投在我孤独的身上

一、"我们的莎乐美"

这是一个怎样的女子呢？

网络上关于她的资料并不多，关于她的书更是一本没有，留下的照片也寥寥无几。

她最绚烂、最饱满的人生应该是 1929 年的夏天，21 岁的年轻女子在南京、上海的舞台上饰演莎乐美，一夜成名。

莎乐美的故事来源于《圣经》，在《马太福音》中，十一个句子构成这个故事。大意是说，犹太王希律迎娶了弟弟的妻子希律底，基督教的先行者施洗约翰抨击他违反了犹太教义。就像传说中的恶毒王后一样，希律底怂恿丈夫杀死约翰。希律王将约翰投入监狱，却仍心有忌惮，没敢杀他。在希律王过生日那天，希律底让自己带来的女儿莎乐美为希律王跳舞。善舞的莎乐美令希律王深深迷醉,许下重诺"应许随她所求"。在母亲授意下,莎乐美要求把约翰的头放在盘子里给她。希律王只好遵照誓言,杀了约翰。

王尔德根据这个传说,改写了莎乐美的故事。他增加了两个情节:让莎乐美爱上先知约翰;让侍卫队长爱上莎乐美。在他的剧本中,希律底带来的女儿——莎乐美年仅16岁,美丽的少女就像"迷途的鸽子"和"风中颤动的水仙",令继父希律王为之痴迷,看守约翰的侍卫队长也深受诱惑。少女却对施洗者约翰一见钟情,而约翰因为莎乐美的身份,对其诅咒不已。侍卫队长忍无可忍,挥剑自刎。狂热而任性的莎乐美为了得到爱人的吻,答应为希律王跳舞,条件是换取约翰的头颅。莎乐美雪白的双脚踩在卫队长猩红的血泊上跳七层面纱之舞,像一朵有毒的罂粟花妖艳地怒放,诱惑又恐怖。

希律王杀死约翰,用银盘端上他的头。莎乐美捧着爱人的头,狂热而迷乱地亲吻。月光映照在莎乐美半透明的白纱裙上,斑斑血迹触目惊心。"我吻到了你的头,我终于吻到了你的头。我的嘴唇有一丝苦涩,这是血的味道吗?不,这是爱情的滋味。人常说,爱情带着苦涩。"少女扭曲的肢体配合背景喘息的节奏,表达着她挣扎而痛苦的内心和高贵的尊严,"你为什么不看看我?只要你看到我,你一定会爱上我……"

希律王再也忍受不了,下令将她乱刀砍死。

　　这是一个关于情欲、毁灭的爱情悲剧，田汉将它搬上中国的话剧舞台。在那个炎热的夏天，田汉创办的南国社分别在南京、上海两地公演。影剧作家唐绍华曾在《文坛往事见证》描述了当时的现场，"女主角俞珊全裸穿着珠罗纱半透空之长袍，在照明灯直射下，胴体毕现。以呻吟似的轻呼道：'约翰，我要亲你的嘴，你现在还能拒绝我吗？'如此诱惑，有多少观众，能不被吸引！"

　　那时的中国有几人见识过这样充满肉欲的性感？又有谁能因为性感而拒绝美丽呢？俞珊的美恣意绽放，无可遮掩。

　　施寄寒在《南国演剧参观记》中也记载了南京首演盛况："是晚全场座位不过三百左右，来宾到者竟达四百以上，场内空气甚为不佳。"

　　观众太多，秩序大乱，从第二场开始，票价由六角翻番到一块大洋。观众一边怒骂，一边热捧，冲着"天界公主"俞珊，他们愿意来看，看她的激情四射，看她的玄幻冷媚，看她没有天条不受规则的爱的狂野。

　　《莎乐美》简直像引发了一场地震，亲吻血淋淋头颅的那场戏，成为各大媒体的热议话题，各路报刊纷纷在显著位置登载莎乐美决绝、惨烈的死亡之吻的剧照，俞珊也随之成为家喻户晓的女明星。

　　此前，话剧舞台都是男演员出演，周恩来在南开新剧团扮演过许多女性角色，李叔同演过《茶花女》，曹禺也曾在易卜生《人民公敌》一剧中反串。俞珊一演之下，艳惊四座，随后又出演了田汉导演的另一出话剧《卡门》，同样敢爱敢恨、热烈奔放的吉卜赛女郎卡门再次让她成为时尚杂志的封面女郎。"俞珊女士，她是一位肯定了人生而不追求梦境的现代女性。她表演《莎乐美》那样勇毅坚固的性格，她也表演《卡门》那样的风骚放荡，使大都会中的青年对她景仰与狂热。"

二、"茶壶"和"牙刷"

"对她景仰与狂热"的人群中包括大诗人徐志摩，他也迷上了俞珊扮演的莎乐美，或者说莎乐美的扮演者俞珊。有证可考的是，那个时期，他上海的书房里就悬挂着俞珊跳《莎乐美》所穿的七彩纱衣和亲吻约翰的剧照。

"郎有情，妾有意"，热情似火的俞珊找上门来。作为诗人的粉丝，聪明的美女通过老师余上沅，毫不费力就打听到徐志摩的地址，几番登门造访，后来甚至住进徐家。

翁瑞午曾经当笑话给人讲过一件事。俞珊演出结束，很多人都拥到后台热捧，翁瑞午和陆小曼都被挤到了外围。这时候听到俞珊尖叫："啊呀，真要命，我要小便，我要小便。"徐志摩居然真的找来一只痰盂，一本正经双手举来，说道："痰盂来哉，痰盂来哉。"这番话是当着陆小曼面讲的，而陆小曼未发一言，真实度应该很高。

关于男女关系,遗老辜振甫曾经打过一个著名比方,"男人好比茶壶,女人好比茶杯"。在中国茶道里,往往是一个茶壶配四个茶杯,一个男人爱上三四个女人,有个三妻四妾,自然再正常不过。

徐志摩、陆小曼结婚后,他的乡党、好友邵洵美为他俩画过一幅画,上面一个茶壶,一个茶杯,并且题字"一个茶壶,一个茶杯,一个志摩,一个小曼"。

一个茶壶只配一个茶杯,能满足吗? 有了白玫瑰,还会眼馋红玫瑰吗? 陆小曼纤弱典雅如白玫瑰。俞珊健壮、肉感,有着她饰演角色"莎乐美"般的狂野奔放,活脱脱一枝妖艳欲滴的红玫瑰。

陆小曼的直觉并没有错。俞珊离开上海之前,曾经写过一首《送别》来寄托自己的情感:"送你,在日暮的黄昏,夕阳把你的影子投在我孤独的身上。"

她"有感于人生失之交臂,像交叉的铁轨,汇于一点,却不能并行",还为徐志摩写过另一首《交叉》直抒胸臆。

别说
什么也别说
在这唯一相逢的时刻。

100 ·风动玉兰满庭芳

让灵魂对着灵魂，
诉说该诉说的一切。
有一瞬间交叉
却没有永远的并行，
心灵战栗了
却再不会共鸣。
在无言的默默，和
默默的无言中，
留下一颗平静的，又
永难平静的心灵。

你走吧
向着延伸的远方
带走所有风雨中惆怅的寻觅，
和我一路平安的祝福。
会有一支平行的轨道
与你一同
载起人生的专列。

　　陆小曼信奉"女人何苦为难女人"，没有为难俞珊，只是敲
打自己的丈夫："俞珊是只茶杯，茶杯不能拒绝别人斟茶。但你

是牙刷,牙刷只许一人使用,有谁和人共用牙刷吗？"

不知是劝说有效,还是俞珊到底把握着分寸。在现实生活里,俞珊并没有像莎乐美那般热烈而决绝,只是将脉脉深情无可奈何地深锁心底,知趣地隐退了。

三、"酒中八仙"

俞氏家族在绍兴是典型的名门望族,俞珊的祖父俞明镇当过鲁迅的老师,娶了曾国藩长子曾纪泽的女儿为妻。而俞珊祖母的妯娌是曾国藩次子曾纪鸿的女儿。俞珊的叔叔俞大维是钱学森的老师,弹道学专家,担任过台湾"国防部长",和蒋经国结为儿女亲家。

徐志摩欣赏俞珊,忍不住向友人诉说,便勾起了梁实秋的浓厚兴趣。观看《莎乐美》之后,梁实秋公开发表的评论很卫道,"美派的肉欲主义的戏,我希望他们不要演了吧"。田汉撰文反驳、澄清,本来就想"中国沙漠似的艺术界也正用得着一朵恶之花来温馨刺激一下"。"你以为《莎乐美》除'很短''诱人''肉欲'以外,无意义吗？"

批评也许出于卫道的习惯,梁实秋其实非常关爱俞珊。1930年,梁实秋接受青岛大学校长杨振声的邀请,到青大执教,任外文系主任兼图书馆馆长,得知俞珊在上海罹患疟疾和伤寒,不断通过徐志摩询问病情。

徐志摩应邀通过信件往来及时直播："莎乐美公主不幸一病再病，先疟至险，继以伤寒，前晚见时尚在热近四十度，呻吟不胜也""俞珊病伤寒，至今性命交关""俞珊死里逃生又回来了，先后已病两个月，还得养，可怜的孩子"。

俞珊身体有恙，加上家人不允许她继续抛头露面演戏，初愈后，竟然追随梁实秋来到青岛大学，当起了一名图书管理员，休养将息。

1930年到1935年的青岛大学风云际会，闻一多、黄敬思、黄际遇、汤腾汉、曾省、闻宥、游国恩、沈从文、傅鹰、任之恭都曾在此执教，蔡元培、冯友兰、顾颉刚、徐志摩等名流也前来讲学。

梁实秋在《酒中八仙》一文里有原汁原味的描述："酒中八仙，是民国十九年至二十三年间我的一些朋友，在青岛大学共事的时候，在一起宴饮作乐，酒酣耳热，一时忘形，乃比附前贤，戏以八仙自况。青岛是一个好地方，背山面海，冬暖夏凉，有整洁的、宽敞的市容，有东亚最佳的浴场，最宜于家居。唯一的缺憾是缺少文化背景，情调稍嫌枯寂。故每逢周末，辄聚饮于酒楼，得放浪形骸之乐。""这一群酒徒的成员并不固定，四年之中也有变化，最初是闻一多环顾座上共有八人，一时灵感，遂曰：'我们是酒中八仙！'这八个人是：杨振声、赵畸、闻一多、陈命凡、黄际遇、刘康甫、方令孺，和区区我。既称为仙，应有仙趣，我们只是沉湎曲蘗的凡人，既无仙风道骨，也不会白日飞升，不过大都端起酒碗举重若轻,三斤多酒下肚尚能不及于乱而已。"

　　其实在此之前,已经有方令孺、吕美荪(吕碧城二姐)在青岛大学任职。不过,这两位安徽女子,一位与男教授们兄弟相称,当起了何仙姑的角色;一位略显矜持、清高,以齐州女布衣自居,只喜欢与文人骚客诗词唱和,纸上游戏。红唇烈焰的俞珊,妖娆、性感,一路走来,婀娜生姿,这才真正形成了一个公共事件,吹绉一池春水。

　　南国社从事编剧的吴似鸿(蒋光慈夫人)在《怀念南国社导师田汉》中客观描述过这位明星演员:"会弹钢琴,会唱京戏,又会讲英语,性格开朗,身材丰满,脸相美丽。"归于一句话:内外兼修、风情极佳的俞珊,令众多大教授忍不住上半身、下半身同时发言。

　　那是一个怎样的女人? 田汉说她有着"金色的双眼";沈从文在短篇小说《八骏图》里浓墨重彩的女主角,应该是以俞珊为原型的,他细致描述那双眼睛带来的感受:"这种眼光能制止你行为的过分,同时又俨然在奖励你手足的撒野。它可以使俏皮角色诚实稳重,不敢胡来乱为,也能使老实人发生幻想,贪图进取。它仿佛永远有一种羞怯之光;这个光既代表贞洁,同时也就充满了情欲。"一半魔鬼,一半天使,这是迷死人的节奏啊!

　　俞珊在当时的青岛大学,成为众多教授学者的梦中情人。用徐志摩给陆小曼信里的话来说,"听了不少关于俞珊的话。好一位小姐,差些一个大学都被她闹散了。梁实秋也有不少丑态"。

沈从文在《八骏图》里,还有一段写两位教授海滩散步,遭逢美女。"其中一个穿着件红色浴衣,身材丰满高长,风度异常动人。赤着两只脚,经过处,湿砂上便留下一列美丽的脚印。教授乙低下头去,从女人一个脚印上拾起一枚闪放珍珠光泽的小小蚌螺壳,用手指轻轻地很情欲地拂拭着壳上沾附的砂子。'达士先生,你瞧,海边这个东西真美丽。'"

想象那个"很情欲的拂拭",不禁莞尔:典型的东方学究意淫之态。疑心这一类便是教授们难以掩饰的丑态之一了。

一个女人和 N 位男士到底上演了怎样的戏码?如何差点闹散一所大学呢?

四、"莎乐美"完婚

俞珊应该是 1931 年 2 月到青岛大学任职图书馆馆员的。4月 28 日,徐志摩、梁实秋的信中就提及了俞珊在青岛大学引发的"艳闻"。

"前天禹九(张幼仪的四弟)来,知道你又过上海,并且带来青岛的艳闻,我在丧中听到也不禁展颜。"这是徐志摩写给梁实秋信函里的原话,令正在为母守孝的徐志摩也不禁展颜的艳闻有二:一是有情人终于成了眷属,虽然结果不太圆满;一是古井生波而能及时罢手,没有演成悲剧。

　　有情人终成眷属说的是俞珊和赵太侔。赵太侔曾在美国哥伦比亚大学学习舞台设计,也曾长发披肩,放浪形骸,最大特点是沉默寡言。梁实秋赞他"饶有六朝人风度","他曾到上海来看我,进门一言不发,只是低头吸烟,我也耐住性子不发一言,两人抽完一包烟,他才起身而去"。这段逸闻,让人不禁想起《世说新语》中的王子猷雪夜访戴:"吾本乘兴而行,兴尽而返,何必见戴?"

　　和其他几位对俞珊情动意兴的同僚相比,沉默之人出手快、狠、准,果断休掉发妻,清除障碍,展开猛烈攻势。

　　不到两年,1933年12月16日的《北洋画报》刊登了《俞珊女士新婚倩影》和《蜚声戏剧界之名闺俞珊女士与赵太侔君新婚俪影》。曾经的莎乐美与大她19岁的赵太侔戏剧性地结合,成为当时一则不大不小的新闻。

　　因为1931年九一八事变引发学潮的影响,校长杨振声在受到教育部斥责之后,以"惩之学生爱国锐气受挫,顺之则校纪国法无系"为由,电请辞职,并推荐赵太侔继任。辞任之前,他给赵太侔、吴之椿和梁实秋分别致信。给梁实秋的信中,杨振声写道:"劝太侔为校长,之椿为教务长,再辅以吾兄机智,青大前途,定有可为。"杨振声私下对梁实秋说,校长一职一定让赵太侔继任,这对于他正在进行中的婚事有决定性的助益。这所谓的婚事无非是指帮助赵太侔追求俞珊。

然而那张单人婚纱照上，美丽的女子却形销影只，垂首低眉，不像大婚，倒像凭吊，一点也不"莎乐美"，简直有着黛玉葬花般的忧伤。看来，俞珊并不看重校长之头衔。

那样的婚姻好像不情愿似的，当年"酒中八仙"之一的刘康甫的儿子刘光鼎提供了合理佐证。他在《我和我的父母及兄弟姐妹》一文中细诉原委——俞珊结婚是舍身救弟。

俞珊的弟弟俞启威（又名黄敬），也是其姐姐所在的南国社的一员，1931年考入青岛大学物理系（姐弟相守，这可能是俞珊来青岛任职的原因之一）。后来加入中国共产党，担任地下党支部书记、中共青岛市委宣传部部长。1933年夏天，由于叛徒出卖被捕入狱，面临性命之虞。

杨振声对俞珊说，如果她嫁给赵太侔，便帮她救出弟弟。双方达成协议，交易成功。黄敬获救，仍然致力于革命，新中国成立后官至天津市第一任市长兼市委书记、第一任机械部部长。

姐姐的婚姻却不如弟弟的仕途一般如意，抗战结束，赵、俞两人的婚姻也告结束。

五、"奇迹"

沈从文的《八骏图》出版以后，因为对号入座，引发种种猜测和传闻。汉学专家金介甫曾经逐一考证，认为《八骏图》中有梁实秋、闻一多等人的影子："沈在小说中可能把闻一多写成物理学家教授甲,说他是性生活并不如意的人,因为他娶的是乡下妻子……梁实秋则可能影射教授丁或戊,因为丁或戊教授都主张要有点拘束,不讨厌女人,却不会同一个女人结婚,梁实秋主张在道德和文艺上都要自我节制。《八骏图》中那位非常随便的女孩子,则可能是俞珊。她是青岛大学的校花,赵太侔的夫人。而教授庚则可能是影射赵太侔。据说徐志摩在青岛时曾经警告过俞珊,要她约束自己,不料这时闻一多已经被她深深吸引住了。所以我认为达士先生本人也有闻一多其人的影子。"

闻一多其时担任国立青岛大学文学院院长兼中国文学系主任,他和赵太侔、梁实秋三人在美国留学时就是好哥们,青岛大学"八仙"的核心人物。

闻一多妻子高孝真是闻家远房亲戚,出身书香门第,在闻一多出国留学前奉命完婚。闻一多到青岛任教,高孝真和孩子随行不到一年,便带着孩子回了湖北老家。为什么要送走家眷呢?梁实秋在《谈闻一多》中给出了答案:"实际是一多在这个时候情感上吹起了一点涟漪,情形并不太严重,因为在情感刚刚生出一个蓓蕾的时候就把它掐死了,但是在内心里当然是有一番折腾,写出诗来是那样的回肠荡气。"

回肠荡气的是那首爱情长诗《奇迹》,被徐志摩评价为闻一多写得最好的一首:

我要的本不是火齐的红,或半夜里桃花潭水的黑,也不是琵琶的幽怨,蔷薇的香……我要的本不是这些,而是这些的结晶,比这一切更神奇得万倍的一个奇迹!

还有一首更为热烈的《凭借》:

"你凭着什么来和我相爱?"假使一旦你这样提出质问来,我将答得很从容——我是不慌张的,"凭着妒忌,至大无伦的妒忌!"真的,你喝茶时,我会仇视那杯子,每次你说那片云彩多美,每次,你不知道我的心便在那里恶骂:"怎么?难道我还不如他?"

有人认为这些诗也是为俞珊而写,乍一看,也确实和莎乐美风格相配。但也有人说,这人就是安徽桐城派后人方令孺。持反对意见的人认为,方令孺已经是"八仙"之一,跟其他教授宛如兄弟,闻一多不可能对她动情,这话有失偏颇,不是有人专门喜欢让女孩子穿男装,寻找阴阳倒错与合一的感觉吗?还有人说方令孺当时三十三四岁的年纪,不会让闻一多动心了。说这话的人恐怕见识还浅,那个年纪正是女人韵味十足、成熟而未老去的最好年华,别说对四十几岁的中年男人,就算对懵懂少年还可能产生别有风味的诱惑。

　　方令孺先后留学于华盛顿州立大学、威士康星大学，1929年回国后，来青大教习中文，同样父母之命媒妁之言的婚姻已经名存实亡。梁实秋回忆她道："她相当孤独，除了极少数谈得来的朋友之外，不喜与人来往。她经常一袭黑色的旗袍，不施脂粉。她斗室独居，或是一个人在外面彳亍而行的时候，永远带着一缕淡淡的哀愁……不愿谈及家事，谈起桐城方氏，她便脸色绯红，令人再也谈不下去。"

　　如果说俞珊是热烈的红玫瑰，那么方令孺就像带着露珠的米兰，自有幽回低转之清雅。闻一多在送走妻儿之后，就离开海边的房子，搬到青岛大学校园西北角第八宿舍后和方令孺为邻，两人来往甚密，连诗风都有些相像。方令孺发表过一首《灵奇》："可是这灵奇的迹，灵奇的光，在我的惊喜中我正想抱紧你，我摸索到这黑夜，这黑夜的静，神圣的寒风冷透我的胸膛。"你写《奇迹》，我写《灵奇》，不但名字相像，内容也好像一问一答，暗藏玄机。这些迹象都表明，也许闻一多钟情的对象还真不是俞珊，也不一定人人都爱红玫瑰的。

　　只因为太多人中了俞珊的爱情蛊，便有人把闻一多的"情感蓓蕾"也安在她的头上，不管闻一多感情波澜的对象是谁，1932年春，闻一多又将妻子接回青岛，后来他在暑假离开青岛大学，赴母校清华大学任教，这场海边的感情戏也就收了场。

六、不知名的黄花

情书攻势、胡适做媒、"乡下人喝杯甜酒"……沈从文追求张家四姊妹老三兆和的这些桥段已经广为人知，功夫不负情痴人，大作家终于追到了"黑牡丹"，"从此过上了幸福的生活"。当故事可以这样结尾时，沈从文1942年写了一篇回忆性散文，《水云——我怎么创造故事，故事怎么创造我》，对自己的四次感情发炎进行了梳理和忏悔，其中一段便疑似在青大期间与一朵"黄花"的微妙知遇。

他的小说《八骏图》有着明显的痕迹，请看达士先生甫一抵达所受到的视觉震撼："一抬头，便见着草坪里有个黄色点子，恰恰镶嵌在全草坪最需要一点黄色的地方。那是一个穿着浅黄颜色袍子女人的身影。没有一句诗能说明阳光下那种一刹而逝的微妙感应。"惊艳之下难以平复，就连寄给未婚妻的第一封信，都忍不住用了这样的结束语："山路上正开着野花，颜色黄澄澄的如金子。我欢喜那种不知名的黄花。"

据后人考证，这朵黄花便是俞珊。小说里，沈从文对这朵黄花有进一步的评述："照表面看，这个女人可说是完美无疵，大学教授理想的太太，照言谈看，这个女人并且对于文学艺术竟像是无不当行。"如果用来说俞珊那是相当的，俞珊在成为话剧明星之前，就弹得一手好钢琴，京戏更是唱得出神入化，梅兰芳看过她演的《贵妃醉酒》,赞叹"俞小姐的表演细腻动人,我不如也!"后来她还把这出戏传给了张君秋。俞珊文学艺术修养的确是"无不当行"。

小说里,沈从文不忘替达士先生抹黑"小黄花","不凑巧平时吃保肾丸的教授乙,饭后拿了个手卷人物画来欣赏时,这个漂亮女客却特别对画上的人物数目感兴趣,这一来,我就明白女客精神上还是大观园拿花荷包的人物了"。这样明显流露的轻视其实和梁实秋看了俞珊的《莎乐美》之后,一边报纸上发表卫道的剧评,一边关起门写关爱的私人信函一样,是"本我"与"超我"的交锋。

小说里是"小黄花"主动出招,达士先生收到一封署名"一个人"的简短信件,"学校快结束了,舍得离开海吗?"沙滩上为他留下两行字:"这个世界也有人不了解海,不知爱海。也有人了解海,不敢爱海。"还画一对美丽眼睛,"瞧我,你认识我!"

"若在一年前,一定的,目前的事会使我害一种很厉害的病,可是现在不碍事了。生活有了免疫性,那种令人见寒作热的病全不至于上身了。"

为什么一年前没有免疫力,因为那时候还没遇到张兆和,那才是真正"使人值得向地狱深阱跃下的女子"。尽管如此,小说里达士先生果真延迟了归期,给未婚妻写信:"我害了点小病,今天不能回来了。我想在海边多住三天;病会好的。"

也许我们不该拿小说材料作为推断的依据，可有时候艺术的确来源于生活。1931年的暑假，苦恋张兆和的沈先生没有去苏州九如巷拜望张家，而是一直等到1932年暑假才成行。就是这次拜望，完满了四年的追求，"乡下人喝了一杯甜酒"。

是什么样的力量能拽得住热恋情人的脚步，不去探望心上人？

不过不管是青岛大学的一抹黄色俞珊，还是向张兆和坦白，找林徽因哭诉的那抹紫色"高青子"，以及其他两抹偶然相遇的颜色，都只是刹那的烟火，绚烂过作家现实或想象的天空，终归于寂静。

七、风水

梁实秋有不少文字忆及青岛大学，也成为后人考证的依据，虽然他特意把自己撇清，但在别人的回忆里，他对俞珊却有一段不了情。

沈从文1931年7月4日给美国好友王际真的信中提及："梁实秋已不'古典'了，全为一个女人的原因。"徐志摩也给陆小曼写信说，一个俞珊几乎解散了一个青岛大学，"梁实秋也出了不少丑态"。最有力的明证是他的第二任妻子说他临终前嘴里念念不忘的还是那个名字——俞珊。

吊诡的是，俞珊好像只活在别人的眼里、嘴里和心里，除了给徐志摩写过的两首诗，几乎看不到她自己说的话、写的文字。那么美的人，也只有寥寥几张照片，据此推测，她应该不是一个过度自恋和张狂的人。

在别人眼里她热烈而狂野，可她内心深处一定隐秘着安琪儿般的宁静与纯洁，一体两面，激烈交锋，偶尔带出的电光火花，难免伤及无辜。有些事情也许她自己都不想的。

据传说，甚至因她间接惹上过人命。

1932年，叶公超的哥哥叶崇勋因为肺病在青岛修养，妻子梁太带了儿子，在旁陪护。尽管这样，叶崇勋还是迷上了一位娇艳小姐，而这位娇艳小姐据说又是俞珊。一次宴席上，这位小姐让叶崇勋多饮两杯酒，梁太出面劝阻，丈夫居然当众甩了她一记耳光。

说起来，梁太是天津梁家九小姐，没出嫁前，张学良还表示过对她的欢喜。素来千金小姐，哪里丢得了这个脸，咽得下这口气呢？她当即收拾起首饰细软，一个人上了返沪的火车。结果途中遭遇一位女士，相谈甚欢，中途在苏州歇息时同宿一间，不知怎么被逼吞咽火柴头，先后送去苏州医院和上海医院，都没能救回一条性命。

现在已经很难考证事情的起因、真假。不知道是不是风水的缘故，不过青岛大学多出风流债倒是真的。

且不说校长杨振声对俞珊是否有过心襟摇荡，他确实和比自己小 20 多岁的方瑞发生了一段婚外情。方瑞是邓仲纯的大女儿，当时，杨振声请邓仲纯任青岛大学校医，两家楼上楼下的住着，就有了这段地下情。邓仲纯待人忠厚、仗义，郁达夫和老乡陈独秀等人都得到过他的救助和关照，大家有意瞒下这段隐情。

大约方瑞有些许恋父情结，20 世纪 30 年代末随父举家离开青岛，进入四川，结识曹禺，又和曹禺发展出半公开、半地下的恋情，这番苦恋维系了十几年，1951 年才正式结婚。"文革"中，曹禺受到冲击，天天挨批判，下放到农场劳改。方瑞夜夜服用安眠药入睡，终于在 1974 年的一天，因为过量服用，长眠不醒，床上散落着一粒粒安眠药。

青岛大学风云际会，1931 年的清晨，又一位曼妙女子来到赵太侔楼下，原来是学生李云鹤。因为她学历受限，无法参加入学考试，赵太侔向杨振声求情，让她做了图书管理员，和俞珊成为同事。

李云鹤经常向俞珊打听戏剧界种种光怪陆离，艳羡之情溢于言表。赵太侔和俞珊结婚以后，她更是经常上门拜访，虽说只比俞珊小 7 岁，"师母师母"不离口，也由此认识了俞珊的弟弟俞启威（黄敬），并一来二去，恋爱、同居。大约青岛大学太适合恋爱，谁不来一场都对不住似的。

1933 年 7 月俞启威被捕入狱，为了不连累李云鹤，故意请警察局转告她"另寻出路"。恰好，上海明星公司导演史东山来青岛动员俞珊重出江湖。赵太侔、俞珊夫妻顺水推舟举荐了李云鹤。李云鹤来到上海，以俞珊"表妹"的身份住在田汉家，以蓝苹的艺名进入大上海的影剧界。

三十多年后，当年的李云鹤从蓝苹又变身为"文化革命旗手"江青，心狠手辣地清算昔日影剧界的旧恩人、旧同事。

八、凄凉晚景

俞珊刚一大红大紫，就告别了演艺圈。除了家长干涉的原因，还有就是疾病，大约是服用了一些激素类药物，人变得臃肿肥胖。

徐志摩在1931年10月曾经在北京饭店偶遇俞珊，按照他的描述"病后大肥，肩膀奇阔，有如拳师，脖子在有无之间"。而就在此之前不久，徐志摩在街头看见妙龄女子，恍惚间以为是俞珊，追逐而至，才发现认错人。这次的邂逅，让他发出感慨"人是会变的"。男人多是视觉动物，徐志摩和俞珊之间大约真的是形同陌路了。倒是俞珊和陆小曼两个女人事后还有来往，也有共同的朋友赵清阁。

不过推算起来，那种因药物而起的肥胖应该不久就减下去了，否则没法解释她如何给八教授布下爱情之蛊，差点弄散了一所大学。

俞珊与赵太侔尽管生育了一双儿女，大约内心还是不足够爱。赵清阁描述过一次抗战期间躲空袭时的情形。听见日寇飞机投弹的声音，俞珊慌忙把孩子和赵清阁一起拉进怀里，敌机过后，赵清阁开玩笑道："没炸死，快给你闷死。"赵太侔也慢吞吞地笑道："她自以为是铁韦驮，能够保护你们。"俞珊却毫不给他情面，白了一眼说："可就是不保护你！"那样的举动已经有着太过明显的、习惯性的轻视和不满。抗战结束，两人的婚姻也终于到了头。

据说新中国成立后俞珊重拾京剧本行，与一位京剧票友结了婚。因为俞珊的姑妈嫁给了陈寅恪、陈方恪的父亲陈三立，1958 年弟弟黄敬去世后，她投奔南京的陈方恪，与他们一起生活了一段时间。

1962 年，在田汉的帮助下，她调到中国戏曲研究院工作，因为只领取基本生活费，不用上班，她很快就搬回到熟悉的天津，住在五大道公寓。本该太太平平安享晚年，却遭遇"文化大革命"。俞珊的姑妈俞大彩是已故台湾大学校长傅斯年的太太，姑父俞大维担任台湾"国防部长"兼"交通部长"，又是蒋经国的儿女亲家。这样的海外关系自然麻烦不断，红卫兵、红小兵时不时就来抄家，并且要把她打翻在地，还踏上一万只脚。

俞珊被强行剃了阴阳头，人不人鬼不鬼的，这让爱美的她难以忍受，整个人变得胆怯又神经质，一紧张就拿茶叶桶里的茶叶,往嘴里塞,不停咀嚼。

她的前夫赵太侔受尽磨难,1968 年 4 月在青岛投海自尽,终年 79 岁。好朋友田汉也被打成"黑帮分子"关进"牛棚",1968 年末因病去世。

此时的俞珊孤苦无依,风雨飘摇。毫无生之乐趣,但求速死,终于,也在同一年撒手而去,享年 60。

一朵娇艳的红玫瑰在时代的风雨中飘零了。

郑苹如:女人如花花似梦

一、带刺的玫瑰

当初看沈小兰编的一套《张爱玲文集》(四卷本),我印象最深的几篇当中是有《色·戒》的。多年之后,当李安的《色·戒》卷土重来,很多看过《张爱玲文集》的朋友都说,不记得这一篇。想当年,年纪轻轻的我,已经能够体会生为女人,面对情感的矛盾、冲动和无奈。

王尔德说:"生活模仿艺术远甚于艺术模仿生活。" 可是,《色·戒》多少应该是有原型的。真实的男女主人公名叫丁默村、郑苹如,当时的刺杀事件在上海滩也曾经沸沸扬扬。郑苹如不逊于汤唯的姿色,而丁默村和梁朝伟相比,在外表上有天壤之别。丁默村非常瘦小,有点秃头,当时已经患有肺炎三期(疑为肺痨,肺炎只有支气管肺炎,大叶,小叶,左叶,右叶之分,无一期、二期、三期之分）三期，也许，正因为如此，他对女色显得尤为贪婪、迷恋。

郑苹如，曾经上过当时时尚杂志《良友》的封面。在她遇害之后，和她曾有一面之缘的郑振铎这样描写她："身材适中，面型丰满；穿的衣服并不怎样刺眼，素朴，但显得华贵；头发并不卷烫，朝后梳了一个髻，干净利落。纯然是一位少奶奶型的人物，并不像一个'浪漫'的女子。"

郑苹如的确是位大家闺秀，父亲郑钺曾经留学日本，参加了同盟会，还娶了一位日本妻子木村花子。木村花子的家族在日本是很有地位的武士家族，花子同情中国革命，随夫回国革命。郑钺后来官至上海公共租界的江苏高等法院第二分院的首席检察官。

也许是家庭和时局的影响，郑苹如十九岁就成为中统情报人员。她凭借绰约的风姿、优雅的举止，加上精通日语的独特优势，周旋于日寇的高级官员和伪职人员中，获取了许多重要情报。

至于丁默村，一个典型的投机分子，政坛第一步以共产党员的角色登台，为了高官厚禄，很快投靠国民党，日寇占领上海之后，又卖身给日本人，与汉奸李士群一起组建了"特工总部"。"特工总部"设在上海极司非尔路七十六号，在与汪精卫合流之后，"七十六号"魔窟成了汪伪特工总部在上海的代名词。由于丁默村的特别经历,他对中统和军统都了如指掌,致使中统、军统遭到致命打击,被称作"丁屠夫",据说当时的小孩子听到他的名字都吓得不敢哭。

丁默村最大的弱点是好色,组织命令郑苹如施展"美人计",诱杀丁默村。虽然郑苹如经过专业训练,不似王佳芝是个业余间谍,但接受这样的任务,刚刚20出头的少女,内心也会有犹豫和挣扎。这时,父亲郑钺鼓励她:"抗日除奸,对国家民族有利,对四万万同胞有利,非做不可。"

就是这样一位大义凛然的父亲,在女儿刺杀行动失败遇害之后,悲愤、郁闷成疾,熬了一年,也撒手人寰。情感以另外一种方式,击败了老人的理智。

郑苹如决心为大义献身,为完成任务精心设局。第一步是在驶往外滩的电车上,与丁默村"巧遇",因为丁默村曾经担任过郑苹如中学时期的校长,这就为交谈提供了绝佳素材。郑苹如不愧为美女,小展风情,就让丁默村着了迷,主动留下自己的电话号码。

日后的交往更令色鬼不能把持,干脆把美女安排成自己的秘书,常伴左右。郑苹如开始了终日与虎为伴的日子。

二、真实的"色·戒"

大雪封门,坐在十楼的家里,看窗外漫天雪花,飘飘扬扬,好像失重,好像不甘心下坠。

四十九年前,美丽的女特务郑苹如执行刺杀丁默村的计划,也是在这样的隆冬时节。所以真正的故事,并不是买"鸽子蛋"大小的钻戒,而是去珠宝店旁边上海滩最豪华的西比利亚皮草行,买裘皮大衣。

在与丁默村去赴宴的途中,郑苹如娇媚地提出,想买件裘皮大衣。作为老特务,丁默村知道到一个没有预先约定的地方,停留半小时以内,一般不会有危险。为了讨得美人欢心,丁默村饶有兴致地陪同前往。

这时候,丁默村对郑苹如已经相当信任了。在此之前,郑苹如曾经策划过一次刺杀,打算在丁默村送自己回家,下车告别时动手。可是狡猾的丁默村,谨慎地在车内挥手告别,并没有迈出轿车一步,于是计划流产。

随着交往日深,丁默村已经愿意为美女冒一定风险了。不知道两人真正的感受是什么,是张爱玲所说"每次跟老易在一起都像洗了个热水澡,把积郁都冲掉了",还是李安所导的"他像蛇一样钻进我的身体,离我的心越来越近"?

那感受只有两个人知道,却推动了整个事件的最悬疑的环节:丁默村为什么会突然夺门而出,狂奔而去,让夺命的枪声,猝不及防地、无奈地响在身后。

"快走!"是不是胡兰成透露给张爱玲的细节?《色·戒》里

有多少事件的真相?

"他的侧影迎着台灯,目光下视,睫毛像米色的蛾翅,歇落在瘦瘦的面颊上,在她看来是一种温柔怜惜的神气。""这个人是真爱我的,她突然想,心下轰然一声,若有所失。"这戏剧性的瞬间,让才女张爱玲整整琢磨了三十年,按照她的逻辑,推理出她的《色·戒》。

有人说郑苹如不可能临阵变节,因为她有个年轻英俊的未婚夫(后来也为国捐躯),所以不会对长相猥琐、一脸鼠相的丁默村动情。这样的推测,当然太过于表面和简单,爱情,永远不是外人眼里的尺短寸长。

有资料说,郑苹如第二次刺杀功败垂成之后,没有逃跑。第二天就试探着又打去电话,问丁怎么样,说她自己怕死了,几乎是病了一天。丁默村老谋深算,一开始也是下马威地威胁要杀郑的全家。郑苹如马上在电话里哭起来了,丁默村便好言安慰。

彼此都在试探,丁默村已经认定了郑苹如的身份,郑苹如却还心存侥幸,认为自己也许还没暴露,双方各怀心思,约定在舞厅见面。郑苹如就带了勃朗宁手枪去了,可是还没来得及动手,就被一批特务抓了起来。郑苹如承认暗杀是她指使的,但为了不暴露组织,却一口咬定是为教训丁默村移情别恋才起的杀心。

不久之后,郑苹如被押往上海中山路旁的一片荒地。"帮帮忙,打得准一些,别把我弄得一塌糊涂。"这是郑苹如留给世界的最后一句话。随后接连三颗子弹射入她年轻的身躯。那一年，她23岁。这样的结局贞烈、壮美，被人赞美是带血的玫瑰。

还有一种说法，认为前一种说法实为掩人耳目，其实郑苹如并没有死。当年执行日本参谋本部的命令，一手操纵指挥汪伪七十六号特工总部的罪魁祸首——晴气庆胤，就写过一本书，说郑苹如没有死在丁默村手里，反而又巧妙地钻进了日寇内部，让不少日寇间谍都为她的妖艳着了魔，她以一些来历不明的情报为诱饵，换取了日寇宝贵的最高机密情报。这种说法也未必完全不可信，郑苹如的尸首一直下落不明，也许就是最有力的证据。

这样一来，也许张爱玲写出了故事前半段，而后半段要比张爱玲自己的遭遇好得多。那个汉奸也是爱着她的：丁默村费了一番心思，同样放过了那个"放过"他的女子。

这是一场宿命的渊薮吧——当年郑苹如的母亲，跟着自己的丈夫背井离乡，现在，她的女儿在关键时刻变节，放过了暗杀的对象。或许，撇开所有的外部因素，还是因为人性吧，是爱，也是"色·戒"。

人与人的情爱游戏，有时候真是玩不起的，一玩，就沉湎其中了，不能自拔。母亲是这样，女儿也是这样。当他们坠入人性的深渊时，有时候，连自己都会对自己的无可救药产生绝望。

蒋碧薇:秋水长天同碧色,落霞孤鹜逐微风

一、在画作里永恒

和艺术家谈恋爱有个好处——可以在他的作品里永恒。正如沈从文对张兆和说,"一个女人在诗人的诗里永远不会老去","一个女人在画家的画里也永远不会老去",蒋碧薇拥有这样的幸运。

《琴课》整幅画的基调是暗淡的,可是画中的主角好像被上帝之手抚摸过一样,散发着温润的光彩,最是那一低头的优雅和风情,令人迷醉;《箫声》里的女子沐浴着夕阳,面色白皙,明眸红唇,神态沉静安详,有着置身于伊甸园般的不问世事……

《凭桌》《裸裎》《慵》《静读》《传真》,一幅幅以蒋碧薇为原型的画作有着一个共同点——画中人离天堂很近,甚至就身处天堂,安琪儿一般静美。心中无爱,是不可能画出这种感觉的。

徐悲鸿的同学、收藏家章伯钧说世人都夸悲鸿的马,实际上他画的女人才最好。有一次,徐悲鸿要送一幅马,他提出要徐悲鸿画的女人。徐悲鸿拒绝了,说那些画是不送的。

那些画是不送的,因为每幅画都记录着一段光阴。不管怎样的情感纠缠、劳燕分飞,蒋碧薇的卧室里始终悬挂着那幅《琴课》,他们印象里最美好的记忆——彼此拥有的艰难与甜蜜。

蒋碧薇是一个果断、决绝的女子。18岁那年,她随父亲受聘于复旦大学任教,一家人从小城宜兴移居大上海。当时她仍然接受着旧时大家族严苛的礼教约束与管教,生活在有限的一楼一底间,然而一位青年才俊闯入了这封闭的空间。

他就是宜兴老乡徐悲鸿,原本在宜城初级师范教授美学,和蒋碧薇的伯父、姐夫都是同事。当时,家境贫寒的他连遭不幸,父亲、妻子、儿子相继离世,孤身一人闯荡上海滩,行囊里除了作画工具,就是两枚自己篆刻的方章,一枚"神州少年",一枚"江南贫侠"。

因为是老乡和旧相识,徐悲鸿经常出入蒋家。蒋碧薇父母非常欣赏这位发奋图强、富有才华的少年贫侠,甚至私下里感叹要再有个女儿就好了。蒋碧薇早已被父母包办定亲,却不知何时对经常进进出出的徐悲鸿暗生了情愫。她后来自己说,那位定亲的查先生曾经让小弟找父亲讨要考试试卷,她由此认定其人品行低下,遂生嫌恶。其实,心里有了人,对那个原本不了解的人怎么样都可以找出舍弃理由的。

几乎没有过任何交谈,徐先生委托一位叫朱了州的朋友传口信,试探蒋碧薇。(那时候她还叫棠珍,碧薇是爱人徐悲鸿给起的名字,即便后来情变离婚,性格倔强的蒋碧薇也没更改名字。)家里也曾设宴为即将出国的徐先生饯行,却不曾想到会与自己产生关联。"假如有一个人,想带你去外国,你去不去?"是的,这个人就是徐先生,好像没有太多的犹豫,她便答应下来。留下一封信,含糊其词,她便悄悄离家而去,这一去就是千里万里之外的日本。

家里人没有办法,又唯恐查家上门要人,眼看着迎娶的日子也近了。无奈之下,想出一个瞒天过海的点子,对外说女儿暴病身亡,全套操办了一场丧事,为求逼真,棺木里还放了几块石头。查家人总算也没追究。

两个年轻人日子过得并不容易。租住的房子只有巴掌大,逢到老乡、同学来访,因为没有对外公开,蒋碧薇还只能躲到厕所间。一位大家闺秀也算受尽了委屈。

中间回国短暂停留,幸而蒋碧薇父母开明也爱才,接受了既成事实。很快这对年轻男女又踏上了前往欧洲的艺术学习之旅。名不见经传的艺术青年,痴迷于绘画,像海绵一样吸取着养分,对生活、对爱人似乎都没有更多的精力顾及。

为了维持生计,蒋碧薇只得放下身段,省吃俭用,精打细算,甚至为巴黎罗孚百货做绣工，赚取每件五法郎的手工费贴补家用。

和常人不同，艺术家心中当然有爱，只是表达方式怪异。1926年，他为筹集资金，把蒋碧薇留在法国，只身远赴新加坡，除夕之夜，朋友宴请，举箸之际，想到蒋碧薇不知道还有没有买面包的钱，房租水电费交上了没有，徐悲鸿不禁掩面哭泣。朋友问明情况，立即给蒋碧薇寄了一笔生活费。

新加坡之行，徐悲鸿筹到了六七千元款项，本来可以供他们夫妻过上个两三年的安稳日子。可是，有了钱，徐悲鸿对艺术的痴迷又发作了，买了很多金石书画，剩下的钱只够苦撑十个月。

当时蒋碧薇有孕在身，对徐悲鸿在生活上不懂长远打算的做法失望而忧虑。艺术家总是异于常人的，嫁给艺术家不仅要有陪他出席各种场面的光鲜，更要承担许多别人看不见的苦。在这一点上，蒋碧薇显然并没有准备好。

不管怎么说，那段时间，生活的艰难、对艺术的狂热追求，多少分散了两人情感上的矛盾。异国他乡，相依为命，苦中作乐，为蒋碧薇所作的那些饱含深情的画作基本都出于这一时期。

二、两个女人的交锋

学成归来，徐悲鸿在画界已经颇有影响。他先接受北京大学艺术学院校长的职务，之后又在上海与田汉等一起任教于南国艺术学院。

当时蒋碧薇因为儿子伯阳不满周岁,一直待在南京。她劝说丈夫回南京中央大学做教授,几次争吵都无法统一意见。强势的蒋碧薇干脆跑到南国社徐悲鸿画室把他的东西全部清理带走,断了丈夫的后路。

事业航向被改变,徐悲鸿虽有不悦,也还是接受下来。这其实也是他们夫妻相处的常态。蒋碧薇的表妹任佑春曾经跟他们在同一个屋檐下生活过一年时间。她对徐悲鸿评价很好:"很有涵养,和蔼可亲,表姐就太凶了,经常骂表姐夫乡下人、语无伦次、交朋友不论贵贱。"

徐悲鸿大概感恩于蒋碧薇当初的离家出走和多年的艰难陪伴,对蒋碧薇的坏脾气和强势一般都宽厚地容忍。可是,深水之下的暗流涌动起来,也难免会有伤人的时候。

有一次,朋友宴会,善于交际的蒋碧薇笑说,自己是"嫁鸡随鸡嫁狗随狗",听上去是句玩笑话,可是,多少暴露出蒋碧薇对丈夫骨子里的不敬甚至轻视吧?徐悲鸿果然当场发飙,勃然说:"我不是鸡、不是狗,也不要你跟随。"好面子的蒋碧薇多年之后都还把这件事作为徐悲鸿不可理喻的例证列举。其中的微妙,用心领略能感受到,男人最受用的是崇拜,最不能接受的是轻视,艺术家尤甚。最令人感叹的是蒋碧薇始终没有意识到自己不经意间的优越立场,这其实都是他们感情问题的潜在因素。

蒋碧薇把徐悲鸿拉回到南京，没想到却给自己带来了大麻烦。在南京国立中央大学，一位旁听生孙多慈（当时还叫孙韵君，多慈是老师后来给她起的名字），当时只有18岁，温婉清丽，富有才华，搅动了大师的心海。彷徨、惊恐之下，他甚至给去宜兴办事的蒋碧薇发出一封求救信："碧薇，你快点回南京吧！你要是再不回来，我恐怕要爱上别人了。"大师还是不希望感情偏离正常轨道的，他甚至还试图把孙多慈介绍给自己的朋友谈恋爱。可是，感情已经不受控制，蒋碧薇在回忆录中说："尽管徐先生不停向我解释，说他只看重孙的才华，只想培养她成为有用的人，但是在我的感觉中，他们之间所存在的绝对不是纯粹的师生关系，因为徐先生的行动越来越不正常。我心怀苦果，泪眼旁观，察觉他已渐渐不能控制感情的泛滥。"

暗战不可避免地在两个女人之间展开。

1932年底，徐悲鸿一家搬进了南京傅厚岗新居——一栋带院子的两层小楼。做学生的孙多慈考虑要送一份贺礼。她思来想去，别出心裁，费了好大动静：让父亲从安庆运来几十株枫树苗，移栽到徐家大院里。

那真是一个绝妙的主意，让这样带着生命力的礼物介入老师的生活。每年秋天"晓来谁染枫林醉"，与她的悲鸿老师相互凝望。年年生长，情意绵绵。

不能说小丫头不聪明，也不能说她用情不深、用意不妙啊。

可是她的对手实在太过强大。

枫苗移栽了不到半年。5月初,立夏前后,徐悲鸿从上海为张大千祝寿归来,一迈进院子就愣住了:所有的枫树苗全不见了踪影,迎风摇曳的是柳、桃、梅那些观赏植物,还新换了草皮,添置了遮阳伞和西式圆桌藤椅。

可以想见徐悲鸿的错愕、痛惜和愤怒。

而蒋碧薇这一方,对枫树的来历早就心知肚明。这些枫树苗自然是对她的挑衅和入侵,尽管被嫉妒、怨恨、痛楚浸泡过又燃烧过,她还是比一哭二闹三上吊的事主聪明得多,也冷静得多,她手脚利索、不动声色地处理了这些树。

面对跨进家门的徐悲鸿,她优雅而胸有成竹地笑道:"感觉以前园林风格不协调,重新变动,给你一个惊喜,怕耽误你创作,就加快了进度。"

像这样的理由她会张口就来,徐悲鸿又能说什么?眼风交汇处,已经是刀来剑往,表面上却波澜不兴。

之后,徐悲鸿将公馆称作"无枫堂",将画室称作"无枫堂画室",还专门刻下一枚"无枫堂"印章。画家这是以他有限而决绝的方式,宣泄内心的愤懑和不满。

其实,在此之前,已经有一次兵不血刃的交锋。

1931年的一天,徐悲鸿陪朋友去画室参观,蒋碧薇随行。一进画室,她就看到了两幅非常扎眼的画。

除一幅孙多慈的肖像之外，还有一幅油画，题为《台城月夜》。"画面是徐先生和孙韵君，双双地在一座高岗上，徐先生悠然席地而坐，孙韵君伺立一旁，项间有一条纱巾，正在随风飘扬，天际，一轮明月……"这是蒋碧薇晚年的回忆，画并没有流传下来。

说实话，恐怕没有哪位妻子面对此情此景，能够不五味杂陈。好面子的蒋碧薇尽量不动声色，只要带走这两幅画。朋友知道带走画的后果，企图阻拦，说画作是悲鸿先生为自己所画。可是被刺痛的女人像狮子一样，根本不可能松手。她对丈夫说："你的画我不会毁掉，但只要我活着，这两幅画你就不要公开。"她尽量让自己显得通情达理、温良贤淑。

肖像画被藏到了下人的箱子里。《台城月夜》因为画在三合板上，没法卷，也不好收。蒋碧薇干脆把它放在客厅最显眼的位置，徐悲鸿进进出出，就在自己的家里，在家人的注视下，每天看着自己和自己的女学生。

徐悲鸿的神经到底不如蒋碧薇的粗壮，终于在这样心照不宣的暗战面前败下阵来。某个日子，在要为刘大悲先生的老太爷作画的时候，黯然将画面上那对男女一点点刮去，从此，《台城月夜》不复在人间。

公平地说，夫妻间一方感情走私，往往也因为多多少少已有裂痕存在，就像前面所说蒋碧薇骨子里的优渥感，不经意间会伤害到徐悲鸿,而她对艺术的疏远也让两人的共同语言越来越少。

徐悲鸿的第三任妻子廖静文在回忆录里以一件事情说明悲鸿和碧薇价值观的不同。在德国留学期间,徐悲鸿潜心作画,蒋碧薇学习小提琴。徐悲鸿痴迷于艺术,常常一天十几个小时在博物馆临摹、在动物园写生,饥寒交迫落下肠痉挛的毛病,他并不以为苦。蒋碧薇却觉得日子难熬,对徐悲鸿抱怨她的小提琴音质不好,影响学习。悲鸿非常歉疚,在得了一千元稿费之后,克制住自己买画作和艺术品的欲望,高兴地带蒋碧薇去买琴。没想到,选中了琴,蒋碧薇却把目光投向了琴店对面的皮大衣,弃琴而购衣。

回国后,在蒋碧薇的强力干预下,一家人在南京工作、生活,徐悲鸿喜欢购买艺术品的癖好依然没改。有一次,他买了一个鸡血印章,高高兴兴拿给蒋碧薇欣赏。当得知印章花了三十元稿费时,蒋碧薇气愤地把印章甩向痰盂。她又跑去南京最大的旗袍店,同样花三十元买了一件金光闪闪的旗袍,还穿着金旗袍,逼徐悲鸿帮她画肖像。

这样的反差越来越频繁地在生活中上演。1934年徐悲鸿应邀赴前苏联举办画展,其间看中了一个精美的人物雕塑,索价三千卢布,徐悲鸿准备掏钱购买。一旁的蒋碧薇不顾有人陪同,一把抢过卢布,说什么也不让买,她要用这笔钱买一套山寨版的沙皇皇宫餐具、一百二十件一套的纯银镀金餐具。

不得不承认，两人在精神上的确越走越远了。这时候有外人介入，也就在所难免。

三、滚烫的情书

当年，徐悲鸿在两个女人之间纠结煎熬的时候，曾经请算命先生算过一卦，那人说，蒋和孙是前世的夫妻，蒋是丈夫，抛弃了妻子，前世的妻子孙此生前来索债。还说这两个女人都不是徐大师最终的女人，这一点算是被他说中了，最后陪同大师终老的是湖南妹子廖静文。

曾经一个人去看孙多慈画展，一幅幅仔细看过，然后坐在中央长椅上休息，环顾满壁画作，不知为何悲从中来，不发一声，泪流满面。

对这位沉默温婉的女子，一直抱有深刻同情，也接受、理解她的无奈和心痛，因此，对站在她另一面的蒋碧薇先入为主地存有几分不满。当鸡蛋与石头碰击，你很难不站在鸡蛋这一边。

和徐悲鸿产生密切关联的蒋碧薇、廖静文都写书发声，而且角度、说法还大相径庭，只有这位清秀的姑娘始终一言不发，沉默安然度过她选择的人生。徐悲鸿在报上声明解除与蒋碧薇的同居关系时，姑娘还是拒绝大师求婚，选择嫁给浙江教育厅厅长许绍棣。而当徐悲鸿去世的消息传来，她轰然倒地，当着丈夫的面，为这位老师和心中的爱人戴孝三年。

再说蒋碧薇,在徐悲鸿和学生孙多慈感情上擦出火花时,也为自己安排了一出人生大戏。

"你若把我烧成了灰,细细检查一下,可以看到我最小的一粒灰里,也有你的影子印在上面。""无论何处或与众人谈笑,均不能置君不思,尤感除君而外,天地间已无一人一事能令吾安慰愉乐。""我们在今年开始的六天里,每天都能见面,真是难得,可是如今又有四天不相见了。分别的早晨,那难舍难分的情况使我深印脑际,永远难忘,你的热泪一直流到了我的心坎!同我强忍在心底的泪混合了。"

这样炙热的情话真是一派少年情怀,实际出自年过40、身居国民党要职的张道藩之口。他爱恋的女人正是小他两岁的蒋碧薇。当时她和徐悲鸿的感情早已破裂,只是没有正式离婚而已,能被另外一个男人这样狂热地爱恋,一定有着遭遇第二春的激情和庆幸。

"感君情爱之深,欣喜不禁泣下,自惭残陋之资,本不足以侍奉君子,乃承宠誉有加,遂今吾骄矜自傲,视世俗之爱都如粪土矣。""我自问虚荣心是有的,但从来没有羡慕富贵,凡能令我敬仰的,大致是些学问道德或是有特殊才能的人,而这些人只能教我敬仰崇拜,却不能令我生爱。所以我敢说,除你而外,实未尝爱过任何人,从前对于悲鸿,实在不能说是爱,完全是年轻人的一时冲动罢了。"

因为张道藩，她否定了自己当初为之私奔的情感，他们认为眼下的才是真爱，不含杂质的爱。

张道藩在信里倾诉："绝不是基于青年时之尚虚荣、好美色等冲动，而是由于彼此间的同情和了解，是难能可贵的，是不易消灭的。"

这个年纪已经不是荷尔蒙做主的冲动期了，可是两个人都已经深陷其中，无力自拔。此后他们两人相互起了昵称"雪"和"振宗"，书来信往两千多封，积累下十五万字爱的记录。

早在欧洲留学期间，他们就已经相识，1924年第一次见面，蒋碧薇便给张道藩留下深刻印象。"长裙是灰黄色底，大红的花；站在猩红的地毯上，亭亭玉立，风姿绰约，显得雍容华贵，可谓一幅绝妙的图画，那是艺术家毕生诉求的目标！"

那段日子，他们同是中国留学生艺术团体天狗会成员，老大谢寿康、老二徐悲鸿、老三张道藩、老四邵洵美等，开玩笑说蒋碧薇是压寨夫人。大家远在异乡，有共同爱好，来往非常密切。蒋碧薇作为唯一的女性，也格外受宠。说起这个天狗会也是好玩，简章第一条规定，除天狗会这个牌子用"狗"字外，其他凡有用"狗"字的地方，一律都用"圣"字。诸如"放狗屁"得说"放圣屁"，"狗杂种"要呼为"圣杂种"，"狗咬耗子"要改称为"圣咬耗子"。以此反讽，令人捧腹。

为了筹集资金，徐悲鸿远赴新加坡作画，天狗会的一帮兄弟很关照压寨夫人,尤其富家子弟张道藩还陪同她看戏、喝咖啡、跳舞,日子过得竟比徐悲鸿在时还丰富有趣。是的,大小姐很喜欢和适应这样的生活,她不顾自己缠过的小脚,在高跟鞋里塞了棉花,沉湎、陶醉于舞会的旋转和迷离。

1926年,张道藩按捺不住写了一封信,婉转地向心目中的女神表明心迹。此时的蒋碧薇并未对他动情,兜兜转转写了封回信:"我倒劝你把她忘了,不知您是否做得到。"

从试探再回到友谊,张道藩迎娶了法国姑娘素珊,但对蒋碧薇的深情似乎仍然不减。有一次,蒋碧薇想借用他的一个朱砂花瓶,他便插了火红的玫瑰,捧着花和花瓶,穿街走巷,郑重其事送上门来。每一件和蒋碧薇相关的事,他都做得细心周到,无比体贴,这一点跟徐悲鸿真的对比鲜明。

张道藩情商高,反应快,在仕途上一帆风顺也得益于此。1942年2月,他随蒋介石与宋美龄访问印度。印度国大党领袖尼赫鲁向蒋介石一行行印度教大礼全身拜倒。蒋介石夫妇一时手足无措。张道藩在众目注视下,对着印度国大党人员来了一个就地打滚,接着做拜倒姿势,替蒋氏夫妇解了围,也因这一拜赢得了蒋氏夫妻的好感。

这样的跪拜徐悲鸿是断断做不来的。两人在相貌上也有着明显的类似反差:大师相貌堂堂、凌然正气;官员便流露出谨小慎微、格局不大的气象。

蒋碧薇、张道藩的私情始于内忧外患的 1937 年,家里蒋碧薇和徐悲鸿的夫妻矛盾升级,家外日寇侵略我国,对南京实施轰炸。张道藩住处有防空洞,便邀请徐悲鸿、蒋碧薇夫妻去居住。以后徐悲鸿去广西处理事务,蒋碧薇便孤身留在张家。就在那样的炮火声中,张道藩终于从心灵到肉体都得到了他心目中的女神。

此后艰难的抗战岁月,张道藩为官的身份,都使得两个人只能偷偷相爱,凭借一封又一封热得烫手的情书慰藉彼此。

"苦海茫茫……能够挣扎到一座孤岛,快快活活地聚一天……情愿蹈海而死。""若果死去,我只希望你永远相信,我是至死不渝永远爱着你的。""如若做到精神上以及内心里都了解得干干净净,那除非是我们魂魄都完全毁灭。"

兵荒马乱,炮火纷飞中,这些书信给两位艰难偷情的男女带来些许安慰。

四、孤老终身

1942 年,客居新加坡等地达三年之久的徐悲鸿回国,希望挽回裂痕已经很深的家庭。此时,蒋碧薇身心都已经归属张道藩,无法再接受回头的丈夫。她写信给张道藩求助。张道藩回信提出四条出路:一是离婚结婚(双方离婚后再公开结合);二是逃避求生(放弃一切,双双逃向远方);三是忍痛重圆(忍痛割爱,做精神上的恋人);四是保存自由(与徐悲鸿离婚,暗地做张道藩的情妇)。

蒋碧薇思来想去,选择了做张道藩的情妇。蒋碧薇是一个自恋的女人,非常在乎自己在世人心目中的姿态,身居要职的张道藩能够给她带来更多的便利和满足:为她父亲安排工作;在她拮据时送上银两和各种紧俏物品;生日时送来满屋子鲜花,给她买瑞士的金表;将她的一双儿女也视作己出;陪她一起办理父亲的丧事,由于张的影响力,许多国民党高官都出席了丧礼,也算荣耀尊贵。这些,其实都是蒋碧薇喜欢和看重的。

张道藩曾经在写给蒋碧薇的信里,表达了内心里最大的意向:一是和蒋逃到一个小岛,纵使尽一日之欢,也死而无憾;二是怎样能贡献他的一切给他心爱的女人;三是以二人的信件为主要材料写成一部伟大的爱情小说,遗留点痕迹在人间。

1948年,蒋碧薇跟随张道藩去了台湾,素珊和孩子被送到千里之外的澳洲法属新克利多利亚岛。蒋、张两个相好十年之久的情人终于在台北温州街九十六巷六号置办了一个新家——一座日式平房独院,入院后正房三间,右边门牌挂着"张道藩寓",左边挂着"蒋碧薇寓",公然同居。

蒋碧薇离开大陆后,她的儿女伯阳和丽丽都选择留在大陆随父亲生活,而且再也没有和她联系。也许因为她原本没有付出过足够的母爱,廖静文提到丽丽年少时曾经摔跤,一直痛得大哭,她也并不放在心上,后来渐渐不哭了,腿却落下毛病,走路微微有点跛。在重庆、南京时,她与张道藩热恋,把一双儿女送到寄宿学校,感受不到家庭温暖的伯阳还不到年龄,就自作主张报名参军。丽丽同样不辞而别投奔了革命。

好在有张道藩的不离左右,原打算纵一日之欢也死而无憾的孤岛生活居然维持了十年,已经大大超过了他们的预期,以至于应了那句歌词,"相爱容易相处太难",真正共处一室,感情因素却悄然变化。这段时光,蒋碧薇在自传里明显少了笔墨,她向来不擅长照顾人吧,所以会把为患有胃下垂毛病的张道藩缝制连体衣都郑重地写下来。她喜欢的还是浪漫姿态,为了营造浪漫的生活,躲避蚊虫叮咬,她特意用罗纱缝了一个八尺大的纱帐,里边可以挂灯泡、摆桌椅,供两人夜晚消遣。

他们也经常邀请好友到寓所聊天、吃饭、舞文弄墨、相互评点,看起来热闹非凡,却有知情者说,也不排除两人要减少独处时光的念头在里边。如果两个人到了害怕面对面独处的地步,这里的爱是不是已经悄然变质了呢?

两人同居十年,虽然同进同出,但蒋碧薇从未以张太太的名义出席过任何活动,身居要职的张道藩也没有离婚的打算。一次外出,有记者迎面给他们拍了一张照片,张道藩大声呵斥:"他是哪家报社的?告诉他不要发表!不要发表!"

这一切是不是蒋碧薇想要的结果呢?无从得知,这是一个独立而坚强的女人,纵然再艰难也要给世人留下一个优美的姿态。1958 年,她感觉到了张道藩的倦意,斯人已经有意接回妻女,回到原有的生活轨道。

不可能再被第二个男人遗弃,她决定以一次南洋之行的长别离来作为他们分手的过渡期。1958 年元月,她踏上了悠长的度假之旅,随后的一周,张道藩也动身前往澳洲,看望他的妻女。

四个多月以后蒋碧薇返回时,张道藩已经做出了他的选择,搬回了他和素珊的家,二十二年的婚外恋至此画上了句号,这时候的蒋碧薇已经年届 60。

蒋碧薇给张道藩写了最后一封信,其中没有一句怨言:"我每每想到我们所处的环境,以及你为了爱我所表现的牺牲精神,你确已使我获得莫大的荣宠和幸福,没有人会怀疑你对我的爱不够挚切,不够忠诚!"

写下来的文字都是漂亮和无可挑剔的,行动上自有蒋氏的坚韧和决绝。张道藩不是早就打算以他们的通信为素材写小说吗?独处的蒋碧薇开始着手整理、发表自传,向外公布她与张道藩的恋情。据说这时候的张道藩改了初衷,并不希望这段情史公之于众。也有人来劝蒋碧薇等张道藩归西后再发表,蒋碧薇淡淡一笑:"也许我死在他前头呢!"自传发表时,张道藩还在世,他给多年未联系的她写信,约见面谈,商量他打算为那些书信从他的角度写续集的事。可惜未及行文,他已驾鹤西去。

　　蒋碧薇的自传下部《我与道藩》由小说家章君谷执笔，可他说自己并没亲眼所见那些情书，两人通信的那一部分，是蒋碧微自己整理嵌入，可见这是一个心思缜密的女人。不管其中有没有失实之处，读者看到的的确都是满满的款款柔情。

　　而《我与悲鸿》就不同了，刻骨的怨恨和刻薄的讥讽隐迹在字里行间，藏也藏不住。爱的反面不是恨，而是淡漠和遗忘。是的，从这个角度来讲，蒋碧薇自己都不愿承认也许她始终都没弄清楚内心深处真正爱着谁。

　　在整理遗物时，人们发现徐悲鸿的所有信、画，哪怕一张小纸片，蒋碧薇都细心保留着，她的卧室里也始终悬挂着徐悲鸿为她所画的《琴课》，而留给张道藩给她画像的位置是在书房。离开张道藩之后，她之所以有底气拒绝张道藩的资助，靠的还是徐悲鸿给她的一百万元分手费和一百幅珍贵的画作，靠这些字画，她得以衣食无忧、姿态优雅地度过她人生的最后十年。

杨绛:走在人生边上

一、最贤的妻,最才的女

如果说神仙眷侣,杨绛、钱锺书应该算公认的一对。

朋友父亲曾经语重心长要求女儿:"你要争取做最贤的妻、最才的女!"朋友惊呼:"那可是钱锺书说杨绛的,一百年才出一位的杨绛。"

写过那么多民国女子,没有绯闻传说的夫妻有,可是像这样评价自己妻子的,印象里只此一例。那是何等圆满的姻缘。"我见到她之前,从未想到要结婚;我娶了她几十年,从未后悔娶她,也未想过要娶别的女人。"

无可取代,因为她已经糅合下所有角色。"赠予杨季康,绝无仅有的结合了各不相容的三者:妻子、情人、朋友",这是钱锺书1946年在短篇小说集《人·兽·鬼》扉页上写给妻子的情话。

在君臣、父子、兄弟、夫妻、朋友这"五伦"中,杨绛始终认为,朋友最重要,夫妻该是终生的朋友,不然不会持久。君臣、父子、兄弟也一样,如果有朋友的内涵在,关系就一定融洽。

她就是这样一位如此明智的女人,任何问题都直指核心。

北京三里河的家在"我们仨"中的两人离去之后,这里就成了老人家的客栈,不复为家。始终不封阳台,为的是能看到蓝天,水泥地面、陈旧家具、棉布衣衫、满室书香,她以行动诠释她的理念:"简朴的生活、高贵的灵魂,是人生的至高境界。"

"社会可以比作'蛇阱',但'蛇阱'之上,天空还有飞鸟;'蛇阱'之旁,池沼里也有游鱼。古往今来,自有人避开'蛇阱'而'藏身'或'陆沉'。"随着年岁增长,越来越不喜欢浓艳、激烈的方式,感觉亲近的都是那些素朴宁静、沉着稳定的人,'蛇阱'之外的飞鸟和游鱼吧。

"我和谁都不争,和谁争我都不屑;我爱大自然,其次就是艺术;我双手烤着生命之火取暖;火萎了,我也准备走了。"不争是一种多么自在的状态,不争意味着不想攀高,也就不怕下跌,自然不用倾轧排挤。不争当然不意味消极,而是天真、自然,潜心一志地完成自己能做的事。

杨绛先生曾经说过一句名言:"艺术就是克服困难",在这样积极克服困难的精进中,完善内在的自我——寄居在我们身体里的灵魂。

当克服困难的成果有所呈现,浮华的热闹是警惕和谢绝的,因为仍然要凝神专注于自己要做的事。2004 年《杨绛文集》出版,出版社筹划宣传、推广、开研讨会等等,杨绛先生风趣地回绝道:"稿子交出去了,卖书就不是我该管的事了。我只是一滴清水,不是肥皂水,不能吹泡泡。"当年钱锺书曾留下一句名言:"你既然喜欢那只蛋(作品),何必非要见那只鸡(作者)呢?"如今,杨先生对出了下联:"我既然是一滴清水,何必要吹那肥皂泡?"要不怎么说二位是神仙眷侣呢?

不争的人似乎都更多一点幽默感,杨绛在《孟婆茶》中描述自己:"我按着模糊的号码前后找去:一处是教师座,都满了,没我的位子;一处是作家座,也满了,没我的位子;一处是翻译者的座,标着英、法、德、日、西等国名,我找了几处,都没有我的位子。"读来不由得捧腹,到老还这么风趣!

二、忠于本性的选择

冰心曾经给知识女性角色定位,意思是说助夫事业成功第一,教养子女成人第二,自己事业成功第三。我想,杨绛先生好像不会给自己这么规定一二三四的,树叶自然知道要向着阳光生长。

17 岁时考大学,杨绛心心念念要上清华,可惜清华刚刚开始招女生,当年不在南方招生,她只好就近读东吴大学。21 岁大学毕业,她再一次投考清华研究生院外国文学专业,这一执着的举动,遂了自己研究文学的心愿,还遇到了生命里的真命天子钱锺书。

钱锺书当时已是传奇人物,因为英语满分,中文也极佳,尽管数学只考 15 分,当时的清华校长罗家伦还是拍板破格录取了他。杨绛进校时,钱先生读大三,一次机缘认识了小自己一岁的无锡老乡杨绛。杨绛事后不承认自己一见钟情,但又说看他眉眼间"蔚然深秀",那是有好感的意思啊。

"你有男朋友吗? 我没有女朋友,你愿意做我女朋友吗?"许多年后,王小波这样对李银河说,开门见山的简洁直率很像前辈杨绛和钱锺书。"我没有订婚。""我也没有男朋友。"彼此间粲然一笑,尽在不言中。

钱锺书对杨绛坦言:"志气不大, 只想贡献一生, 做做学问。"而杨绛恰恰就喜欢这样的"志气不大"。她很小的时候,父亲曾经问她:"你如果三天不读书会怎样?""会不好受。""一个星期呢?""那就白活了。"这样一个女子想嫁的就是一个做学问的人,才子佳人就这样清清淡淡、干干净净做了一辈子学问,真心令人羡慕。

1935 年,钱锺书得到了教育部第三届英国庚款公费留学资格,那一年共有二十几个名额,英国文学就只有一个,钱锺书考试成绩名列榜首,拿下了这个名额。在此之前,杨绛放弃了美国威尔斯利女子学院（宋氏三姊妹曾就读于该校）攻读政治学的机会，因为她知道那不是她的擅长和志向。林语堂说过，有些人是动物性的，习惯治人、管人，如政治家、企业家；也有人是植物性的，习惯自己生长，不愿管理别人。杨绛不愿为了学位违背自己的天性，而这次钱锺书出国留学，她知道钱锺书照顾不了自己，而她也愿意出去开眼界，于是，毫不犹豫，终止学业，放弃学位，自费跟随。

为了方便，两家商量了一下，决定让二人先结婚，再出国。婚礼定在一年里最热的日子——7月13日，一切礼俗和仪式都按照中国传统进行，烦琐的仪式把新郎和新娘都折腾病了。《围城》里那个出汗出到把衬衫领子都弄黄、弄软的狼狈新郎就是钱锺书自己的形象。

就这样恋爱了，就这样结婚了，就这样出国了，杨绛并没有给自己设定什么计划，按自己的心愿，让该发生的发生。

后来回国，1942年上海生活那段时间，陈麟瑞、李健吾在编排话剧，一次聚餐时提议杨绛写剧本，因为稿费可以贴补家用，也想做一下戏剧方面的尝试，杨绛不动声色地出手了。第一个本子《称心如意》一上演，就被誉为中国喜剧的第二个里程碑。随后又有《弄假成真》《游戏人间》两出戏相继在上海公演，一时盛况空前，以至于1946年2月《围城》在郑振铎主编的《文艺复兴》上连载后，人们问："钱锺书是谁？"有人答："杨绛的丈夫。"《围城》还就是钱锺书看杨绛喜剧《弄假成真》时受到启发,决定写一个长篇故事的。

因为钱锺书决定开写《围城》,杨绛主动让自己成为"灶下婢",每日勤理家事,养育女儿,不让钱锺书分心。钱锺书每天500字,写了两年,终于完成《围城》。出版之前,杨绛觉得卷首应该说那么两句话才过瘾,于是,"婚姻就像一座围城,外面的人想进去,里面的人想出来",她想出来的点睛之笔印在扉页,也流传至今。

出名的时候,没觉得有多么了不起;低调做男人背后的女人,也安心不委屈。一切行为和选择就像吻合宇宙节律一样,花开花落,潮涨潮退,冬去春来……自然而然,妥帖得当。

三、过好每一天

2014年7月17日是杨绛老人的103岁生日,人民文学出版社即将推出她的9卷全集,令人意外的是,其中包括她为《洗澡》写的续集《洗澡之后》,这位老人总在云淡风轻中不断给人惊喜。

知道她不喜祝寿的喧哗和热闹,有陌生读者默默在她家门口留下鲜花、贺卡,更多的人在网上转发她的金句。章诒和也引用了一段:"我今年100岁,已经走到了人生的边缘,我无法确知自己还能往前走多远,寿命是不由自主的,但我很清楚我快

'回家'了。我得洗净这一百年沾染的污秽回家。我没有'登泰山而小天下'之感，只在自己的小天地里过平静的生活。细想至此，我心静如水。我该平和地迎接每一天，准备回家——杨绛《走在人生边上》。"

"平和地迎接每一天"，说起来容易，其实哪有那么便当。在查阅了解老人的生平过往时，有一个细节令我印象深刻。"文革"中，她被责令去打扫厕所，斯斯文文的她把厕所打扫得干干净净，毫无异味，便池帽也擦得雪白铮亮，没人的时候，就安安静静坐在上面看书。

平和，便总能找到一种方式来和命运里降临的东西和睦共处。还是"文革"期间，老人被剃了阴阳头，戴着假发上了公交车，被售票员和一些群众火眼金睛地发现，弄掉假发，一阵羞辱。杨绛收拾起东西，默默下车，在那段时间里，不管去哪里，都是靠自己的两条腿。

李渔在《闲情偶寄》里写女子的姿态美，举了一个"避雨"的例子，说很多女子一起郊游，倘若遇到下雨，赶着跑到亭子里躲避之时，最容易失态。可他曾经见过一位女子，身上已经淋湿，也不像别人那样狂奔，只是快走了几步，看亭子里已经挤满人，就坦然站在雨中，依然昂首挺胸，并不缩肩弓背。杨绛就是拥有这样美好姿态的女子，美态，来源于自珍自重之心。为什么她不会在人生的各种波峰浪谷中失态？因为她内心会厌恶那样一个自我。有一种美来自尊严、气质，即使被剃了阴阳头，即使不与你争论，也还是美的。

在《我们仨》里，她平静地叙述她的那个长梦，写到女儿去世，满腔热泪把胸口挣裂了，血肉模糊的一颗心掉落在地上，蹲下来捡起，揉成一团塞回去。她就那样不动声色地描述，让人恸哭不已。

不到两年的时间里，两位至亲的人先后去世，这对一位耄耋老人来说该是多大的打击！"我自以为已经结成硬块的心，又张开几只眼睛，潸潸流泪，把胸中那个疙疙瘩瘩的硬块湿润得软和了些，也光滑了些。"她承担所有的痛，不发一言。直到2003年她写了一本书，回忆过往，让至亲的人随回忆再次来到自己身边。

杨绛先生一直注意保养，希望自己在钱锺书离世后再走，她知道学会划火柴都是一件得意事的老先生几乎没有独立生活的能力，会活得艰难又痛苦，这份苦不如由她来承担。

如今留下一个孤单的她打扫战场，她便也接受下来。据说她现在依然每天在房间走7000步，练练大雁功，买大骨头敲碎加黑木耳炖汤来保证骨头的硬朗，弯下腰来，手可以触到地面。这不是贪生，只是尽自己本分，做好自己该做的事情。

老人全力揽下了整理钱锺书学术遗作的工作，那是几麻袋天书般的手稿和中外文字，除了2003年出版的3卷《容安馆札记》，还包括178册外文笔记（共34000页）。在她100岁生日那年,20 卷《钱锺书手稿集中文笔记》出版。

去年 102 岁生日那天,杨绛先生发表了为钱锺书的诗集《槐聚诗存》撰写的序文。今年开始,老人再次用毛笔练小楷,抄写《槐聚诗存》,一天几行。练字,也是和他的思想诗情有所亲近,抄录了半年时间,一直到 6 月 19 日凌晨两点,全部抄完。

简直无法理解,一位百岁老人怎会如此通透和能量十足。她自己说:"我现在很好,很乖,虽然年老,不想懒懒散散,愿意每天都有一点进步,better myself in every day（让自己每一天都有进步）,过好每一天。"

这才是真正的女神,智慧女神!超越如今满大街泛滥成灾的成功学、励志论。

四、设限的人生

拿世俗标准来衡量,杨绛先生也许算不上大美女, 个子不高,眼睛不大,不娇不媚,可就是那样眉清目秀,干干净净,让人心生欢喜,一直到老,经历了那么多之后,还是那样清爽干净,眉眼含笑的样子。

老人 103 岁之际,推出 9 卷全集,包括续写的《洗澡之后》。她说之所以赶着续写,是怕读者误会"姚宓和许彦成在姚家那间小书房里偷情"。老人怕别人糟蹋姚宓和许彦成之间那份纯洁的友情,她安排两人成婚,让别人无法再插手这个故事。

创作当然来源于生活，虽然钱锺书先生也夸奖杨绛有着"无中生有"的本事，是个写小说的天才，可是从作品里还是可以嗅到一些原型的气息。像"姚宓和许彦成"多多少少就带着两位伉俪自己的影子，姚宓总是淡淡的，不苟言笑，"快活了才笑，有可笑的就笑"。看她描绘的种种神态和心理，让人恍惚觉得是在看杨绛本人。

书里姚宓和母亲玩福尔摩斯与华生的游戏也来自两人的真实生活。这是有传统的，在他们新婚后，在欧洲留学期间，两人饭后散步，就喜欢称之为"探险"，一路走，一路看，一路编故事。回国以后，不管日子有多艰苦，如果一家三口有机会在外面吃饭，他们也会悄悄观察周围的用餐者，听他们说话，按各自的想象和推理，编撰种种"志异"，对这样的游戏，一家人乐此不疲。

他们总是有一些不足以向外人道的乐趣。

钱锺书一直有着不曾泯灭的赤子心，特别"淘气"。他玩兴上来，会趁杨绛睡着，给她用毛笔画个大花脸，害得杨绛差点把脸皮洗破。后来跟钱瑗成了最好的玩伴，改在小孩肚皮上画大花脸，还经常把各式各样的东西藏进小孩被窝，让她去摸去找，一派天真。

这个家庭看起来与世无争，平和、平淡，但有着清晰的原则和底线。"文革"期间，有人贴了钱锺书的大字报，杨绛逐条解释反驳，写了张小字报贴在旁边，遭到了残酷的批判，但她就是坚持说那不是真的。甚至发生过打架事件。

也是"文革"期间，当时时兴往要改造的家庭"掺沙子"。钱家的院子就让出来，好几家革命干群搬了进去，有点像七十二家房客的感觉，拥挤嘈杂。有一次，钱家请了一位姓陈的保姆帮忙来洗衣服，一位邻居很有气势地要求陈为她洗衣服，钱瑗说了一句"是我们家花钱请来的"，那人抬手就给了钱瑗一巴掌。杨绛看到孩子受人欺负，不顾体弱，护犊心切地冲上来，那人的丈夫也冲出来，三人撕扯一处，杨绛身高还不到1米5，面对两个大块头，就像老鹰利爪下的小鸡，根本没有还手之力。钱瑗赶紧跑出去喊公家的人维持公道。老夫子钱锺书看妻子被人摁倒在地上，刚巧地上一个被撞散的家具，慌乱中抓起一根板子，就砸在隔壁家男主人胳膊上。而苦苦挣扎的杨绛竟然一口咬住了隔壁女人的手指头，感觉不对劲才吐了出来。

这场架让杨绛夫妻很沮丧，感觉斯文扫地，都不愿意提起。没想到经年之后，那对夫妻却裁剪事实，对外发布所谓秘闻，杨绛才不得不站出来说明真相。如果类似事件再度发生，让他们重新选择，或许他们还是会毫无顾忌地冲出去。保护家人不受侵犯，这是不需要犹疑的底线，老实人不发火，一旦发火便烈焰逼人，那是因为设限已经很低，一旦被人触碰和挑衅，积蓄的能量必然爆发。

钱家把家庭、家人看得很重，这一点遭到一些人的诟病。譬如有人指出杨绛在《我们仨》里只沉浸在小家小情小爱里，没有关注宏大的社会格局，从中读出了满纸的自私与狭隘。其实家庭是社会最小的细胞，每个家庭的安定才构成整个社会的安定。一个人如果连自己的家人都不能全力去爱，你指望他爱国家、爱民族？恐怕只是虚妄的谎言，或者被一种强烈的不可明说的目的性掩盖了人伦常情。

2013年5月，已经102岁的杨绛再一次昂然出手。为的是拍卖钱锺书手稿的事，这批手稿是钱锺书20世纪80年代和香港《广角镜》杂志社总编辑李国强的书信往来，其中涉及不少对历史和学人的评判。杨绛先生发布公开信坚决反对拍卖钱锺书私人信件，质问拍卖者"个人隐私、人与人之间的信赖、多年的感情，都可以成为商品去交易吗"？她严厉要求"立即停止侵权，不得举行有关研讨会和拍卖。否则我会亲自走向法庭，维护自己和家人的合法权利"。

在杨绛的强烈反对下，拍卖行为终止了。

与世无争、善良厚道不意味着可以任人欺侮。百岁老人太明白了。

"在这物欲横流的人世间，人生一世实在是够苦。你存心做一个与世无争的老实人吧，人家就利用你欺侮你；你稍有才德品貌，人家就嫉妒你排挤你；你大度退让，人家就侵犯你损害你。你要不与人争，就得与世求，同时还要维持实力准备斗争；你要和别人和平共处,就先得和他们周旋,还得准备随时吃亏。"

　　在这苦的人世,仍要认认真真做事,清清白白做人,端端正正过好每一天。